講談社文庫

新装版
院内刑事《デカ》　ブラック・メディスン

濱 嘉之

講談社

目次

警視庁の階級と職名

階　級	内部ランク	職　名
警視総監		警視総監
警視監		副総監、本部部長
警視長		参事官
警視正		本部課長、署長
警視	所属長級	本部課長、署長、本部理事官
	管理官級	副署長、本部管理官、署課長
警部	管理職	署課長
	一般	本部係長、署課長代理
警部補	5級職	本部主任、署上席係長
	4級職	本部主任、署係長
巡査部長		署主任
巡査長※		
巡査		

警察庁の階級と職名

階　級	職　名
階級なし	警察庁長官
警視監	警察庁次長、官房長、局長、各局企画課長
警視長	課長
警視正	理事官
警視	課長補佐

※巡査長は警察法に定められた正式な階級ではなく、職歴6年以上で勤務成績が優良なもの、または巡査部長試験に合格したが定員オーバーにより昇格できない場合に充てられる。

◉主要登場人物

廣瀬知剛………川崎殿町病院リスクマネジメント担当顧問

住吉幸之助……川崎殿町病院理事長
横山典行………院内交番長
阿部智子………製薬会社のＭＲ
尾崎……………組対部参事官
栗山……………公安部参事官

院内刑事　ブラック・メディスン

プロローグ

「廣瀬《ひろせ》先生、モンスターペイシェントです」

ここは、川崎《かわさき》市川崎区殿町《とのまち》三丁目に位置する医療法人社団敬徳会川崎殿町病院。病棟の看護部長が、廣瀬知剛《ともたか》の部屋を訪ねてくるなり言った。

医療従事者や医療機関に対して理不尽な要求をしたり、暴言・暴力等をふるったりする患者とその関係者等を指して、モンスターペイシェントという。

教育現場で教師に同様の迷惑行為を行う親、「モンスターペアレント」が増加しているように、医療現場でこうした行動をとる患者も、近年問題化してきている。

「入院患者本人なの？」

「はい、一週間前に横浜中央医療センターから転院された患者さんなんですが、看護師に対する口ぶりから、こっちのほうの人じゃないかという気がしているんです」

そう言うと看護部長は、右手の人差し指で自分の右頬を軽くなぞった。反社会的勢力の関係者を意味する仕草だ。

「ヤクザもんか……これまで何の兆候もなかったの？」

「少しモラルに欠けた行動をとるようなところはあったそうなんですが……」

言葉を濁す看護部長に対して、廣瀬が訊《たず》ねた。

「はっきり言ってもらえるかな。例えばどういう点がモラルに欠けていたの？」

「最初は女性看護師のお尻を触ったりしていたのですが、昨日は病室内で背後から抱きついてきたそうなんです。それも『ネエチャン、俺の女にならないか』と言ったらしいのです」

「ほう。患者と被害に遭った看護師の名前は」

「患者は北館十八階特別室の古川原武士《ふるがわらたけし》、四十八歳。看護師は田辺《たなべ》めぐみ、二十五歳です」

「なに。あの、めぐみちゃんに抱きつきやがったのか。ふざけた野郎だな」

廣瀬はどこまでが冗談で、どこからが本気なのかわからないような言い方をすると、卓上のパソコンで検索を始めた。

「なるほど、この野郎か……」

廣瀬はカルテに記載されている人定事項《じんていじこう》をコピーした。

「病棟の院内交番担当者には伝えていないの？」

「現場の看護師は、どうも話しづらいらしいのです」

川崎殿町病院内には、「院内交番」と呼ばれる様々な相談や苦情を受理する場所が設置されている。

元々は医事課の課員が対応していたが、外来ではモンスターペイシェントが、病棟では様々な形の院内暴力が横行するようになり、医事課員だけでは対応できなくなっていた。

これを受けて都内や神奈川県内の各病院では、警察ＯＢを採用してその対応に当たるようになっていた。

院内交番の設置を東京都の病院経営者の組織で最初に提案したのが廣瀬だった。廣瀬は四十七歳。警視庁を中途退職後、危機管理コンサルティング会社を設立し、様々な場所で講演活動を行うなかで、病院経営者からの講演依頼を受けた。その講演の際に、院内交番制度を提案したことがきっかけだった。

川崎殿町病院にも三年前からこの制度を採り入れ、神奈川県警ＯＢの職員二人が外来と病棟でそれぞれ勤務していた。廣瀬はこの統括の責を医療法人社団敬徳会の理事長である住吉幸之助《すみよしこうのすけ》から直接乞われ、負っていた。

モンスターペイシェントの被害を看護師が報告しづらいようでは、院内交番を設置した意味がない。廣瀬はため息を吐《つ》いた。

「そっちのほうが私には問題なんだけど、昨日の抱きつきは概《おおむ》ね何時頃のことなんだい？」

「午後十一時の定時巡回の時らしいです」

「どうして一人で病室に入ったんだ？」

「ドアを開けて確認した時に、患者から呼ばれたと申しております」

「なら、病室内の防犯カメラが証拠を撮ってくれているだろう」

廣瀬は再びパソコンの操作を始めた。

「午後十一時十二分か……この行為は明らかに違法だな。強制退院の措置を講じる必要があるが、まず、田辺めぐみさんから被害者供述調書を取るのが先決だな」

廣瀬は卓上の電話の短縮ダイヤルを押した。

「横山《よこやま》さん。ちょっとご足労いただけますでしょうか。そこでは話しにくいもので……」

第一章　モンスターペイシェント

院内交番は病院内に二ヵ所、外来と病棟にそれぞれ設置されていた。

横山典行《のりゆき》は神奈川県警組織対策四課ＯＢの院内刑事である。再就職の斡旋事業だが、前任者が解雇されたことで、県警の人事担当も病院に対しては相当な気遣いをして配置したものの、職場の雰囲気になかなか馴染むことができない様子だった。電話で呼び出された横山は、すぐに廣瀬の部屋を訪ねた。

「廣瀬先生、どのような御用でしょうか？」

「実はね、北館十八階特別室十三Ｂの古川原武士という患者が、看護師にセクハラを行っているのですよ」

「古川原ですか……実は私も気にしてはいた存在なんです」

「個人照会は行ったのですか？」

「うちの人事はＯＢからの要請に対しては冷たいんですよ」

神奈川県警だけでなく、どこも個人情報に関する照会には極めて厳しくなっていた。しかし、反社会的勢力の動向に関しては、回答義務があるはずだ。廣瀬が指摘すると、横山は続けた。

「私も四課出身で、その点は知ってはいるのですが、OBに対しては全ての窓口が人事なんです」

「県警にはそれなりの都合があるのでしょうが、OBを受け入れてくれているクライアントの業種を考えたうえで迅速に対応していただかないことには、現場に来られた方が苦労されますよね」

「ただ、うちの場合には不祥事が続いた関係で、対応に苦慮しているのだろうと思います」

廣瀬は神奈川県警に不祥事が続いた原因をよく知っていた。

「ほとんどの県警職員にその直接の原因がないことはよく知っていますが、一般の方や、同じ警察官でも、事情を知らない人が多いのは事実ですからね」

「廣瀬先生は理由をご存じなのですか？」

「全ての責任は警察庁にあると思っています。それも本部長人事が主因だということもね」

横山が身を乗り出した。

「そうなんです。二代続いた二人のキャリア本部長が、県警をボロボロにしてしまいました。優秀な警視を自殺に追いやったことをノンキャリの仲間はよく知っています」

「彼らは警視庁でも散々騒動を起こしたんです。本来ならば二度目や三度目の県警本部長なんかに据えるのがおかしかったのを、警察庁は彼らの人格を考慮することなく、神奈川県に送り込んでしまった……その結果であることを後になって警察庁幹部は知ってしまったのですが、その時はすでに〝アフターフェスティバル〟だったわけです」

「アフターフェスティバル？」

「〝あとの祭り〟ということですね」

廣瀬の説明に、横山は思わず吹きだしていた。

「廣瀬先生は面白い方なんですね」

「怒ると怖いようですが、話すと可笑《おか》しいんです」

真顔で答えた廣瀬に、横山は声を出して笑いながら言った。

「廣瀬先生は若くして警部にまでなられて、どうしてお辞めになったのですか。私からすればもったいないような気もするのです。それは廣瀬先生個人だけでなく、警察組織にとっても惜しいことでしょう」

「個人的には結果オーライだと思いますし、組織に対しても恩返しはできていると思います。私が東京都総合病院協会の委員になって講演活動を行った結果、現在国内の多くの病院で横山さんのような『院内刑事』という地位が確立したのですからね」

「それはうちの人事も言っていました。卒業した警察官にとって、経験を生かすことができる新たな仕事が増えたのは廣瀬先生のおかげだと」

「一見違うようで似ている業種だからこそ、お互いの気持ちがわかる業界ですから、その敵も共通する点が多いのです」

「病院も警察も、決して好きで来る場所ではないということですね」

横山の答えに廣瀬は笑顔で答えた。

「それをわかっていただけているのなら、外部だけでなく内部との人間関係も早急に築いてくださいね」

廣瀬の言葉に横山はうな垂れて答えた。

「私は四課が長くて、反社会的勢力ばかりを相手にしてきました。退職して突然、女性が多い社会に入ると、自分がどういう顔をしてその場にいたらいいのかもわからないんです」

「ここに来られた際のオリエンテーションで私がお話ししたとおりです。困っている人を助けてきたプロの意識をもう一度思い出していただきたい……と」

「私は警部補を二十年間ほどやって、辞める時に警部にしていただいたんです。元警部とは言っても、ほんの数ヵ月のあいだ警部という肩書をいただいただけなのですよ」

「一般人になったのなら、なおのこと、階級なんて関係ありません。私があなたを採用した最大の理由は、あなたが面接時に、急性骨髄性白血病という重いハンデを抱えていながら、なお困っている人を助けてあげたいとおっしゃったからです」

「私は、弱者という言葉が好きではありません。人生で勝ち残ることができた人なんて稀《まれ》だと思うのです。多くの人は勝ち残るのではなく、何とか耐えてきた人です。私自身、現職時代にはパワハラを幾度となく受けてきました。そして私以外の同僚の中にはそれが原因で心を病んでしまった者もいました。それは階級制度という、他の組織ではありえない、いわば下剋上の世界に身を置いた結果だとも思っています」

　廣瀬は横山の話を聞いて首を傾げた。

「下剋上とおっしゃったけども、追い越すほうと追い越されるほうの認識の違いではないでしょうか。私は二十二歳で警察官を拝命して二十四歳で巡査部長になりましたが、その時の最初の部下と呼ばれる立場の班長は当時五十五歳でした。しかしその班長は何も仕事をしないゴンゾウだったかといえば決してそうではなく、やるべきことはちゃんとやる人でした」

「そこまでの年齢差があれば別かもしれませんし、諦《あきら》めの意識を持ってしまっていたのではないかと思います。同じ試験を受かってきた先輩後輩が数年のうちに逆転してしまうのですからね。やはり残酷ですよ」

「残酷というのは横山さん個人にとってのことですか。それとも年長の先輩に対してのことですか？」

「どちらかといえば追い越されてしまうほうでしょうね。昨日までの後輩が階級的に上司になってしまうわけですから。廣瀬先生のようにどんどんステップアップして行かれた方には理解できないことかもしれませんが……」

「私だって警察学校の同期生の中ではそんなに早く階級を上げたわけではありません。警部補は八年やっていましたからね。ここでトップグループとは四年の差ができてしまいました。当然、私の後輩期のお勉強ができる連中が先に警部になっていったわけですから、追い越されたと言えば追い越されたんですよ」

「でも、その警部補の期間中に人脈を築いたわけでしょう？」

「仕事に夢中になっていましたし、毎日が面白くて仕方なかったですね。厳しい環境であっても、全く苦にはならなかった。一年間で二十日も休んでいなかった年もありましたよ。いくら労働三法が適用外の職場とはいっても、今だったら長時間労働や過労死等で問題になっていたでしょうね。月の超過勤務が二百時間なんて当たり前のことでしたし、実質の超勤支給額はせいぜいその四分の一程度でしたよ。それでも日々自分の世界が広がっていく喜びを感じていました」

「警視庁だからそんなことができたんでしょうね。県警ではそんなチャンスは訪れませんから……」

「そんなことはないと思いますよ。内閣情報調査室にも神奈川県警の方が出向で来るようになりましたからね。ただ、その出向という二年間を、お客さんとして仕事をするのか、内調のプロパーと勝負する気で仕事をするのかの気の持ちようだと思います」

横山が、廣瀬の言葉をどこか醒《さ》めた気分で聞いているのがわかった。これは再就職先の上司が自分より年下の、しかも自らの出身である神奈川県警とライバル関係にある警視庁の警察官だったことが背景にあるからだろう。

「廣瀬先生はこの病院の設立から参画されていらっしゃると聞いています。それは警部補時代からの人脈が生かされた結果なのですか？」

「結果的にそうなりますね。ただ私は四十三歳で退職したのですが、警部が居座り昇任だった関係で、途切れることなく同じ仕事ができたことが人とのつながりにも大きかったのだと思います」

「居座り昇任ですか……それは余人に代えがたい仕事をなさっていた結果でしょうから、組織が廣瀬先生を認めていた証《あかし》でしょう。それなのにどうして早い時期にお辞めになったのですか？　そこが不思議でなりません。お辞めになった後でも、なぜいまだに警察組織とのつながりを保っていらっしゃるのか、私には理解できません」

「辞職の際にはそれなりに騒ぎにはなったようですが、常に理解ある上司に恵まれるわけではありませんからね。時には中途半端な派閥意識を持った人から強烈なパワハラを受けたこともあります。地方警察の限界というものを知ってしまった……というのが本音ですね。ですから、いまだにお付き合いさせていただいている警察関係者は圧倒的にキャリアの方が多いのが実情です」

「そういうことですか……キャリアにとって廣瀬先生はいまだに怖い存在なのかもしれませんね。政財界とも太いパイプをお持ちですからね」

「いくら政財界とのパイプがあっても、それを個人的な交友関係に持ち込もうとはしません。それをやった段階で人と人の付き合いは終わってしまいますよ」

「それならばどうしてノンキャリの仲間とはご縁が切れてしまったのですか？」

「全く切れてしまったわけではありません。同期生や可愛がってくださった先輩、可愛い後輩ともいまだに付き合っていますよ。ただ地方警察の限界を感じる仕事に直接従事したことがない人には、何を言っても理解してもらえず、身勝手な奴としか映らないのでしょう。そういう陰口を叩く人がいらっしゃることもよく知っています」

警察だけでなく、あらゆる職場に様々なハラスメント行為が横行している。その中でも警察はハラスメント行為が日常的に起こるという悪しき風習が残っている組織であることも知悉《ちしつ》していた。それは、警察組織が大東亜戦争末期の大日本帝国陸軍にも似た男社会であることが原因ともいえる。

「どこの世界にも陰口を叩く奴はいるものです。特に男のジェラシーほどみっともないものはないのですが、それが横行してしまうのが警察の悪いところだと思っています」

廣瀬は横山が抱えている不満を全て吐き出させようと考えた。

「横山さんはどうして再就職にこの病院を選んだのですか？　面接の時のような形式

的な内容ではなく、本音を語ってください」

「困っている人を助けてきたプロの意識を、一般人、それも病という負担を抱えた人たちに奉仕する形で役立てたいと思ったのは事実です。もちろん、それ以前に働くことができる間は働き口が欲しかったというのもありましたが……」

「その意識があれば、相手が女性であれ若造であれ、対応できるのではないですか？」

「私もそう思っていたのです。しかし、先方が先に壁を作ってしまった……というか、私がいると職員同士の会話もしにくいような雰囲気なんです」

「横山さんご自身は何か働きかけをしたのですか？」

「それが、私が言うことがセクハラだったりモラハラだったりした、ということを看護師長に言われまして、どうしたらいいのかわからないのです」

看護師長は外来と病棟におかれ、看護部長がこれを統括している。

院内刑事がハラスメント加害者では、院内交番の信頼が揺らいでしまう。廣瀬は語気を強めた。

「横山さん、ここは一気に名誉挽回していただかなければなりませんね」

「私にできますでしょうか」

「やってもらわなければ、横山さんを採用した意味がありません。もっときつく言えば、存在価値がないのと同じです。それくらいの覚悟がなければ民間では務まらないことを理解いただかなければならない状況にあるのです」

廣瀬の言葉に横山の額には汗が浮き出ていた。

「存在価値……ですか……」

「そのとおりです。私どもは患者以外に社会奉仕するつもりはありません」

横山は唇をかみしめていた。廣瀬はそれを表情一つ変えずに見つめた。

「わかりました。古川原の件は私が責任をもって処理いたします」

「まず、何をなさいますか？」

「奴のバックグラウンドを把握する必要があります。それによって対処方法が変わってくると思います」

「わかりました。できる限りのバックアップはしますので、よろしくお願いいたします」

廣瀬は横山の現職時代の業務評価を知っているだけに、自信さえつければ、今後の本来業務に加え、病院職員との人間関係にもいい影響を及ぼすはずだと期待した。

横山の動きは廣瀬が思ったよりも早かった。これまで控え目だった古巣の県警との情報交換に積極性が出てきたようなのだ。

廣瀬が横山を呼んだ翌々日には、横山が病院内の会議室に古川原を呼んでいた。

「古川原、お前この病院に転院してきた際に嘘の報告をしているじゃないか。当病院内交番の責任者として、これを見逃すわけにはいかないんだ」

「嘘の報告？　どういうことだ？」

「『反社会的勢力の関係者ではない』という項目に、お前は○を付けていたよな」

「反社会的勢力の関係者？　それがどういう者を意味するのかわからなかっただけだ。巷《ちまた》じゃあ俺たちの商売のことを反社会的勢力というのか？」

「暴力団と言うのはあまりに露骨だろう？」

「何言っていやがる。法律でも『暴力団員による不当な行為』と言っているじゃないか。暴力団員かどうかを聞かれれば、そこに○を付けていたさ」

古川原は開き直るように言った。

川崎殿町病院では、あらゆる院内暴力等を排除する姿勢を、通院、入院の区別なしに患者本人だけでなく、その家族、関係者に対しても公然と示している。特に入院患者に対しては、院内暴力の対象となる細かな事例と共に本人に直接通知して、入院時には誓約書を取っていた。さらに反社会的勢力の関係者に対しては、彼らの症状が重篤である等直ちに応急の措置を施さねば患者の生命、身体に重大な影響が及ぶおそれがある場合は別として、これを受け入れない旨の通告を行っていた。

横山が古川原に尋問調に訊ねた。

「ところで、一点だけ確認するが、転院元の横浜中央医療センターもお前が暴力団員ということは知らなかったのか？」

「横浜中央医療センターか……今じゃ麦島《むぎしま》組の顧問病院のようなものだからな」

古川原はニヤリと笑って答えた。横山は暴力団担当としての現職時代に、一時期その噂を聞いたことがあったが、裏付けは取れずじまいだった。

「顧問病院か……それはありがたい病院だな」

「実質的な経営は麦島組の若頭がやっているんだ」

「それは横浜中央医療センターが麦島組のフロント企業と同じような立場にあるということなのか？」

「一般の病院が暴力団員を締め出すようになったからな。俺たちだって生身の人間だ。家族を持っている奴だって多いんだ。自衛のためには病院の一つや二つ経営しておかなければならないのは自明の理だ」

「自明の理か。少しはまともな言葉を知っているじゃないか」

「舐《な》めたことをいってんじゃねえ。おめえはサツあがりか？　とはいえ、今はてめえだってパンピーだろうが。患者に対してお前呼ばわりはないんじゃないのか？　患者はお客様だろうが」

「招かれざる客だな。おとなしくしていればわからなかったものを、院内暴力、それも女性看護師に対する暴行となれば、そのあたりのチンピラが場末の飲み屋のネエチャンをからかうのとはわけが違うからな」

「暴行？　何が暴行だ。ちょっとからかってやっただけじゃねえか。看護婦ならそれくらいの覚悟を持って仕事をしているもんだろう？」

古川原の言葉に横山はカチンときた。

「看護師というのは人の生命を預かっているんだ。お前みたいなチンピラ野郎が好き勝手にからかっていい相手じゃねえんだよ」

「何言ってやがる。あのネエチャンではないが、俺のアソコを摑《つか》んで平気な看護婦だっているじゃないか」

「お前の場合にはご丁寧にも腎結石と尿管結石の両方を持ってやがるから、仕方なく医療措置として尿道に管を入れているんだ。勘違いするふりしてるんじゃないぜ。あまり舐めたこと抜かしやがると、即刻、この病院から警察経由で叩き出してやるぜ」

「面白いじゃねえか。やれるもんならやってみろよ」

「そうさせてもらおう。その前にお前のところの上司に話をつけておく必要があるからな」

「上司」の言葉に古川原が激昂した。

「何だと、この野郎。大体なんだこの病院は。院内交番だと？　警察でもあるまいし、舐めたことをするんじゃないぞ」

「能書きはいいんだ。お前は麦島組三和会《さんわ》の若頭補佐らしいじゃないか。友永喜助《ともながきすけ》のところの下っ端《したっぱ》か？」

「下っ端？　てめえは何だ。たかだか病院の交番長のくせしやがって」

「友永に加賀町《かがちよう》の横山が用があると言ったらすぐにわかる」

「友永さんを軽々しく呼び捨てにしやがって……」

「余計なことを言っていると、お前の立場が悪くなるぜ。これから一時間待ってやる。お前の病気がなんであれ、これ以上、この病院においてやる必要はこちらにはないんだ」

「病院には応召義務というものがあるのを知らねえのか？」

医師法第十九条には、「診療に従事する医師は、診察治療の求があつた場合には、正当な事由がなければ、これを拒んではならない」と定められている。

「医師法を持ち出して勝ったつもりか？　今の世の中、てめえみたいな出来損ないの反社会的勢力に対しては、応召義務の撤回は正当な事由になっているんだよ」

「弁護士を呼んでみろ。こんな病院の営業免許なんざ、すぐに取り消すことができるんだぜ」

「やれるもんならやってみな。それよりもお前自身の身を案じたほうがいいと思うがな」

「舐めたこと抜かしてるんじゃねえぜ。後になって吠《ほ》え面《づら》かくのはてめえだからな。痛い目にあわないうちに態度を改めたほうがいいぜ。元ポリ公の院内交番長さんよ」

「痛い目？　その一言は立派な暴対法違反の脅迫行為だな」

「ふざけんなよ。いつまでもマッポ気取りしてるんじゃねえぞ」

「そうか。ただ俺は警察でも何でもないから、弁護士を呼ぶ必要性もない。それよりもお前が友永に電話をするほうが先だと思うがな」

「電話をしてやるから携帯を返せよ」

「病院内での携帯電話の使用は禁止だ。各フロアに設置している公衆電話を使うんだな」

「てめえが俺に頼んでいるんだろうが。てめえが架けて俺に代わればいいだろう。第一、携帯がなければ電話番号もわからねえよ」

「そうかい。それなら俺から架けてやろう。友永をここに呼んでやるよ」

「なに？」

「お前がこの病院で何をやらかしたか……組織の恥になっていることを知らせてやらないと、友永にとっても管理不行き届きというレッテルを貼られてしまうからな」

そこまで言うと横山は会議室を出て院内交番に戻り、すぐに電話を入れた。


数時間後、麦島組幹部の友永が、その下部団体の三和会組長・鶴丸健司《つるまるけんじ》と共に川崎殿町病院の受付にやってきた。

受付には、見るからに反社会的勢力の関係者とわかっても決して慌てないよう横山から連絡が入っており、この呼び出しに関しては廣瀬にも報告が入っていた。

「総務部の横山さんを呼んでくれ。友永という者だ」

横山が受付脇に用意されている個室の待合室に入ったのは、受付から連絡を受けて三分後だった。

「友永、待たせたな」

「いや、こいつのところの古川原が世話になっているようで」

友永は百八十センチメートルを超えるずんぐりした体軀《たいく》を縮めるように言うと、隣の三和会組長も会釈した。

「病人なら病人らしくおとなしくしてくれれば、こちらとしてもそれなりの対応をするんだが、看護師に対して場末の飲み屋のネエチャンに接するような真似をされては困るんだ」

「セクハラというやつですか？」

「それにも限度がある。電話でも話したように今日中に奴を退院させる。まだ入院したいのなら、転院元でお前のところの顧問病院とやらの横浜中央医療センターに連れて行ってもらって結構だ。ちなみに、うちの医師の判断では、もう入院加療の必要はないだろうということだがな」

横山の言葉に友永が反応した。

「顧問病院？」

「若頭が実質的な理事長らしいじゃないか」

「古川原の野郎がそんなことを言ったのか？」

「それは想像に任せる」

「わかった。本人と会わせてくれ。それにしても、鬼の横山と呼ばれたあんたが、病院で、しかもそんな医者のような白衣を着ているのを見たら、横浜中のヤクザもんが見学に来たがるんじゃないのか」

友永が皮肉った。

「余計なお世話だ。ここには俺なんか足元にも及ばない大物が控えている。あの岡広《おかひろ》組本家総本部の幹部でさえ一目置く存在がな……」

「ほう。なんという人だ？」

「それはお前が調べろ。ともかくまず古川原に会って、お前から事情を聴取して、奴にきっちりと説明しろ。古川原のおかげで横浜中央医療センターからは今後二度と患者を受け入れることはなくなるだろうな」

横山が告げると、友永はふと横を向いてつぶやいた。

「俺たちなんぞにはセカンドオピニオンなんて必要ないってことか」

「お前たちにはセカンドオピニオンよりもクオリティー・オブ・ライフのほうが重要なのかもしれないな」

「なんだ？　そのクオリティー・オブ・何とかというのは」

「一言でいえば、人間らしい生活とか生活の質を言うんだ。病気は治ったが患者は死んだのでは意味がないだろう。患者自身が自分自身の尊厳を保持するための手伝いを病院や医者がやるということだ」

「病院も医者も儲かってこそ、患者に役立つことができるんじゃないのか？　ろくな医療設備もない病院に送られちゃ、患者も死ぬに死ねないからな。その視点からみれば、儲かる医者と、そうでないところ、日本の保険の悪いところを巧く活用するのも俺たちの仕事さ」

友永が思わず饒舌になり、余計なことを口走ったのを横山は聞き逃さなかった。

「保険の悪いところというが、それはお前たちがよく使っていた健康保険のことか？それとも保険会社がやっている車両保険をはじめとしたさまざまな保険のことを言っているのか？」

「横山さん、あんたは警察でマル暴が使う色々な手口を知っていたようだが、もっとその上を行く、詐欺以上の手口ってものがあるんだよ。国と保険会社がタッグを組んでやっているのを知らないだろう？」

「国と保険会社？」

横山は自身が試されているような不安を覚えていた。それを見透かすかのように友永が言った。

「先進医療や高額医療には、一般の国民健康保険等が使えないと思っている一般人は多いんだが、そんな嘘に騙《だま》されていちゃ、あんた病院で仕事をする資格なんてないぜ」

「どういうことだ？」

「日本の医療機関が行う治療には、先進医療とそれに係る費用をのぞいて、保険が適用されるようになっているのさ。だから国民皆保険制度と言うんだろう。中でも国民健康保険なんていう制度は、第二の税金とまで言われている。収入の多い者からふんだくって、税金も払ってない奴でも雀の涙の金額で同じ医療を受けることができる。真面目に仕事をして税金を払っている個人事業主にとっては税金同様、国民健康保険なんてクソくらえの制度なんだよ」

横山は友永の言葉を鵜呑《うの》みにするわけにはいかなかったが、あのアメリカでさえ、オバマケアの政策をトランプ政権が転換する意味を理解していなかったのも事実だ。

友永が続ける。

「これだけ国が借金まみれになっているのに、まだ国債を発行して借金を増やそうとしている。今の政治家には国の借金を減らそうという考えなんか全くないんだよ。消費税を上げても、借金返済だけでなく福祉にも回すと言っている」

「それは国が老人大国になろうとしている、いや、もうすでになっているからこそ、その対処が喫緊の問題になっているからだろう」

「そんなことは二十年も前にわかっていたじゃないか。それでも政治家という奴らはお構いなしだ。そしてその盗人根性にさらに追い打ちをかけているのが保険会社という、人の弱みに付け込んだ商売をやっている連中なんだ」

「健康を金で買う時代だから仕方ないだろう」

「横山さんよ、じゃあ聞くが、高額医療という分野があるとすれば、一体、どれくらいの金額を言うと思うんだ？」

「数百万の費用がかかる医療のことだろう」

「ほう。それなら、そんなことをできる患者が今の六十五歳以上に何人いると思う？」

「だから民間の保険があるんだろう？」

「六十五歳以上で加入できる保険がどれだけあると思っているんだ？　その保険に加入していない奴は、みんな死んでしまうのか？　冗談じゃない。そのための国民健康保険、国民皆保険制度なんだろう。国は保険会社と組んで先進医療特約というまやかしの制度を作ったんだよ。その代わりに保険会社が国債を買ってやっているんだ」

横山は反論するだけの材料を持っていなかった。確かに法の下の平等という、憲法に保障されている国民の権利がある以上、貧富の差によって等しく医療行為を受けられないとなれば、明らかな憲法違反になる。

「そうは言うが、同じ脳手術であっても、最先端技術を使用した処置は金がかかっても仕方がないんじゃないのか？」

「ほう。それならば、一般人が路上で突然倒れて、緊急搬送され、しかも先進医療を使わなければ命がない……という場面があったとして、そいつに金があるかどうかはわからないじゃないか。金のなさそうな奴は、救急隊が勝手に判断して、先進医療を受けさせないようにするとでもいうのか？　もっと違う角度から考えて、先進医療を受けて、支払うことができなかったらどうすればいいんだ？」

横山は、全く返す言葉がなくなっていた。友永はその姿を見て言った。

「横山さんよ、いいかい、医者だってそんなことはみんな知っているんだ。それを敢《あ》えて口にしない。なぜかって？　バックマージンを受け取っているからさ」

……

「それなら、臓器移植手術はどうなんだ？　何億円もの金がかかると聞いているが……」

「それは、海外の保険適用がない病院で行われる場合だけだろう？　アメリカのある病院では一日に十数件の心臓移植手術が毎日のように行われているが、日本では一件の手術が行われただけでも大ニュースになるくらいだからな。この病院で心臓移植手術はできるのか？」

「いや、聞いたことがないな」

「所詮、日本の医学なんざ、その程度のものさ。だから、あんたもその程度の病院の番犬に過ぎないことを自覚しておくんだな」

「お前の意見は聞いておこう。俺も勉強不足の部分があるのは確かだからな。それよりも今日は、古川原の処置の問題が先決だ」

「そうだったな。出来の悪い配下を持つと喋《しゃべ》らなくていいことまで口にしてしまう」

友永はわざとらしく大きなため息をつくと、横山の肩をポンと叩いて席を立った。

「どこに行くんだ？　古川原ならここに呼ぶ」

「そうかい。病室で騒動を起こされたら迷惑ということか？」

「そうだ。俺は席を外すから、その間に話をつけておいてくれ」

横山は院内用ＰＨＳで病棟の男性看護師に連絡を取った。

五分もしないうちに、古川原が看護師に連れられて待合室にやってきた。ドア越しでも、大声で文句を言っているのが聞こえる。友永は、一言「クソ野郎が」と言って右手の拳を握りしめた。

室内に入り、友永と三和会組長の鶴丸の姿を見るなり古川原が青ざめた。

「友永さん……親分……」

「古川原よ。俺が忙しいことぐらいお前だって知ってるよな。それを何だ、このざまは」

「この病院職員の患者に対する態度が悪いんで、小言を言っただけです」

古川原のうろたえぶりを目の当たりにした横山はパソコンを開いた。

「おい古川原、院内暴力に関してこの病院が徹底した姿勢を示していることは、言っただろう。まずはこの画像を友永、鶴丸の二人に見てもらってからだな」

横山は古川原が女性看護師を背後から抱きしめたり、ヒップを撫《な》でたりしている画像を友永、鶴丸に見せた。

「十分もあればいいだろう？　後は二人で、この野郎がおとなしく退院するように指導してやってくれ。ただし、ここが病院内だということを忘れないでくれよな」

三人を残して、横山は待合室を後にした。

十分後、待合室に戻った横山は、古川原の左頬が腫れているのがわかったが、あえて何も言わなかった。彼らには彼らなりの処理の仕方があるからだ。

「結果を教えてもらおうか」

三和会組長の鶴丸がこれに答えた。

「横山さんに迷惑を掛けて済まなかった。看護婦にはあんたから、この野郎だけでなく、俺が詫《わ》びていたことも伝えておいてくれ。退院と支払いをすぐにするから手続きを頼む。悪いが、古川原はもう病室には行かせないから、病室にある私物をここに運んでもらえないか？」

「個人の私物を勝手に移動させることはできない。運転手がいるだろう。そいつを行かせてくれ。立ち会いは俺が責任をもってやるからいいだろう」

すでに古川原は、立場的にも物理的にも口を開ける状況ではなかった。

三人のやり取りを横山の傍らで聞いていた男性看護師の寺内洋一《てらうちよういち》は、これまで見たことがなかった院内交番長としての横山の仕事ぶりに、ある種の感動を覚えていた。

退院した古川原が入っていた特別室は、入念な清掃が行われた後、すぐに一般病棟から順番待ちをしていた患者が入室することとなった。

横山が古川原を病院の裏口から送り出して病棟に戻ると、そこに今回の院内暴力の被害者である田辺めぐみが待っていた。

「横山さん、今回はご迷惑をお掛けして申し訳ありませんでした」

「何も迷惑を受けたなんて思っていないよ。むしろ田辺さんに嫌な思いをさせてしまったことを私が謝罪しなければならないくらいだよ」

「とんでもないことです。私が不用意に一人で対応してしまったのがいけなかったのだと看護師長からも注意を受けました。それよりも、あの患者さんはヤクザだったのでしょう？」

「反社会的勢力の関係者であったことは間違いないね。他病院からの転院だったから受け入れざるを得なかったんだけど、今後は事前のチェックも怠らないようにしなければならないと、廣瀬先生とも話していたんだ」

田辺は頭を下げた。

「実は私だけでなく、病棟の看護師やその他のスタッフも、今回の横山さんのお仕事ぶりを知るまで、ちょっと近寄りにくいと思っていたんです」

「それを言われると私も耳が痛いんだ。廣瀬先生からもご指導をいただいたばかりだったからね」

「廣瀬先生はこの病院では別格というか、理事長の信頼も厚いですし、院長や事務長も頼り切っていらっしゃいますからね。おまけにびっくりするほど職員の顔と名前を憶えていらっしゃるんです」

「そうらしいね。そういう天賦の才に加えて、あの歳で信じられないほどの人脈を持っているからね。私よりも一回り以上年下で、しかも同じ仕事をしていたと思うと、頭が上がらないよ」

「でも、廣瀬先生の私生活は全く知られていないんですよ。どこに住んで、ご家族があるのかも、理事長以外は誰も知らない、不思議な方なんです」

「へえ、そうなんだ。それだけ見事に公私を分けているのか……」

「電車とバス通勤のようなんですけど、飲み会とかで一緒になっても、川崎駅で別れた後の姿を誰も知らないんです」

「廣瀬先生は職員の皆さんとよく飲んでるの？」

「結構、部署ごとの研修会の後なんか、率先して飲んだり食べたりしているんですよ。お代は病院持ちだから遠慮するなっておっしゃるから、結構、みんな楽しみにしているみたいです」

「ポケットマネーじゃないところが憎いね」

「医療に携わる者の飲酒事故防止の観点から、原則として二次会禁止ということで、病院の福利厚生の一環として行っているのです。だから無料ですし、年に一度は箱根の保養所での研修会を兼ねた大宴会もありますよ」

「福利厚生か……バブルの頃には流行《はや》ったが、この病院は儲かっているからなあ」

「この病院単独ではそんなに儲かってはいないそうですよ。ただし、医療法人としての利益が大きいので、節税を兼ねた福利厚生だと、去年の忘年会で理事長がおっしゃってました」

「確かにそうかもしれないな。この病院は人件費だけでも莫大だろう。それに加えて医療機器代もあるし……」

　横山が頷《うなず》きながら言うと、田辺が笑いながら答えた。

「人件費は私たちのお給料のことでしょうが、看護師の給与に関しては県内の主な病院より二〇パーセントは高いですから、誰も文句は言いませんよ。おまけに福利厚生も充実していますし、顧客の大手企業が様々な分野でフォローしてくれるので、かなり恵まれた職場だと思っています」

「それだけに優秀なスタッフも揃っているんだろうね。その現場を仕切るのが、元警察官の廣瀬先生か……面白い人だ」

「不思議で面白い方です。それに、今回、横山さんのような方が入って来られたので、現場の者としては余計に心強いです」

田辺が丁重に頭を下げると、横山が年甲斐もなく照れたような顔つきになった。

「私も第二の人生がここでよかったと思うし、いい人たちに囲まれて幸せだよ。これからはもっと皆さんとコミュニケーションを取っていきたいと思います」

横山が笑顔で田辺を見送ると、タイミングを計ったかのように廣瀬が現れた。

「横山さん、お疲れ様でした。今、麦島組の幹部から謝罪の電話が入りました」

「組の幹部から直接ですか？」

「麦島組と言っても関東の一勢力に過ぎません。同じ世界にはまだまだ上がありますし、それを利用しながら陰で仕切っている奴もいるんですよ。堅気の衆にむやみに迷惑を掛けることは、自分の首を絞めることになりますからね。特に医療機関を敵には回せません。奴らだって命ある生き物だということです」

「生き物ですか……。何だか動物病院のような言い方ですね」

「健康保険が適用されるだけでもまだましでしょうか。ところで、退院した古川原なんですが、何か余計なことを口走っていませんでしたか？」

「余計なことですか？　奴の抗弁はほとんどが余計なことばかりで、何も参考になるような話はなかったと思いますが……」

「そうですか……治療費等は全て支払ったのですね」

「カードで一括支払いでした」

「あと腐れがなければそれで結構です。麦島組も今後は余計なことはしてこないでしょうし、こちらも医師法の精神を没却するようなことがないように気をつけなければなりませんからね」

廣瀬は横山を労うと、院内交番を後にした。

翌日の午前十一時頃、廣瀬の卓上電話に交換手を通して警視庁組対部参事官から電話が入った。

「廣瀬ちゃん、お久しぶり。尾崎《おざき》です」

「尾崎さん、昇りつめてますね。次は学校長ですか？」

「いやいや、参事官だけでも十人以上いるからね。次は企画課長が行くんじゃないかな」

「企画課長ですか……確かに警視庁筆頭課長ですからね」

警視庁本部の課長で警視長の階級はキャリアの警務部参事官兼人事第一課長だけで

あり、ノンキャリの最高位課長は総務部参事官兼企画課長である。

「企画課長といえば金子《かねこ》さんか。人格、能力とも申し分ない方ですからね。ところで今日は何か？」

「妙なことを聞いちゃうんだけど、そちらの病院に古川原武士という麦島組系三和会の組員が入院していたそうなんだ。調べることができるかな」

「古川原は昨日、強制退院させたばかりですが、何かあったのですか？」

「強制退院……それも昨日の今日の話か……」

電話の向こうで尾崎参事官が唸《うな》った。

「古川原が何かしでかしたんですか？」

「実は、昨夜から今朝にかけての間なんだが、殺されたんだよ」

廣瀬は思わず息をのんだ。

「えっ……昨日退院した時には、麦島組の幹部と三和会組長の鶴丸が一緒に迎えに来たんですよ」

「三和会組長の鶴丸が一緒？　麦島組の幹部は誰？」

「病棟担当者からの報告では友永喜助という名前でしたね」

「友永……フロント担当の筆頭若頭補佐だね」

「筆頭若頭補佐となると、そのあたりの組長よりは格が上ですね」

「友永あっての麦島組系フロント企業と言っても決して過言ではない存在なんだよ。どうして、たかだか古川原ふぜいの強制退院に、わざわざ友永自身が足を運んだのか……奴の病名はなんだったの？」

「腎結石と尿管結石で横浜中央医療センターからの転院患者でした」

「そこは、廣瀬ちゃんのところの病院とは付き合いが深いの？」

「いえ、うちの内臓外科医が、そこの院長の帝都大大学院の後輩に当たるらしく、了承を求めてきたので受け入れたようなんです」

「内臓外科医か……若いの？」

「医学博士を取ったばかりの四十二歳ですね。実家が名古屋で病院を経営していて、もう二、三年ここで経験を積むつもりのようです」

「腕はいい？」

「特段いいという評判は聞きませんが、週に三回は執刀しているようです」

「相変わらず、何でもよく把握しているよね」

尾崎参事官が感心して言った。

「一応、危機管理担当ですから」

「危機管理担当として、古川原に何か変わった点はなかったのかな？」

「反社会的勢力の関係者とわかった時点で再度の血液検査を行ったのですが、覚醒剤等の反応は出ませんでした。指も五本ずつありましたし、モンモンも背負っていません。ただ、強制退院させられた理由は看護師に対する猥褻《わいせつ》行為でしたけど」

「チンケな野郎だったんだな。しかし、殺され方は結構酷《むご》くて、両足の膝蓋骨《しつがいこつ》と陰部、そして頭部、それも額に一発ずつ、計四発を撃ち込まれているんだ」

「両膝と陰部ですか……女絡みで何か足がつくようなヘマをしでかしたんですかね。遺体は目を開けたままでしたか？」

「ああ。鑑識が撮った写真を見る限りでは恐怖で目を見開いたままだったようだね」

防犯カメラの画像を見た限りでは、古川原は組を裏切るようなタマには思えなかっただけに、死の直前の様子が想像できなかった。

「三和会というのはどの程度の団体で、主なシノギはなんですか？」

「麦島組系列では珍しく、北朝鮮とのパイプを持っているようなんだ」

「北ですか……。何があってもおかしくない団体ですね。しかし、様々な制裁を受けている北が相手では、組織の経済状況は厳しいのではないですか？」

「それがそうでもないいんだよ。反社会的勢力だから当然と言っていいくらい、納税はほとんどなかったようだが、麦島組の友永が病院まで足を運んだんだ、それなりの上納金を納めていたことは確かだね」

「古川原の殺害は、うちの病院に入院していたことと何か因果関係があるのでしょうか」

「そこを廣瀬ちゃんに聞きたいんだ。おたくの病院には何日間くらい入院していたの？」

「十日間ですね。うちでは、腎結石や尿管結石に関しては開腹や内視鏡手術はしません。体外衝撃波結石破砕術という方法を採っています」

「体外衝撃波結石破砕って、どういうやり方なの？」

レントゲンで照準を定め、そこに特殊な装置によって造られた音波の一種である衝撃波を体外から集中させて結石を砕き、砂状にして尿と一緒に体外へと排出させる治療方法を廣瀬は説明した。

「高額医療なの？」

「高額医療といっても、患者の負担は自己負担限度額まで軽減されますから、テレビのコマーシャルで様々な保険会社が言っているような負担はほとんどないのが実情なんです」

「そうなの？　てっきり民間保険会社の高額保障保険に入っていないと、高額医療を受けるのは難しいと思っていたよ」

「国としても保険会社の営業妨害はしたくないのでしょうね」

かつては医療機関等への支払いが高額となった場合は、治療後に申請して、自己負担限度額を超えた額が払い戻される仕組みだったため、一時的な支払いそのものが大きな負担になっていた。しかし最近は治療前に申請して窓口負担を軽減する方法もあり、患者の負担はかなり軽くなっている。

「古川原はどういう手続きだったの？」

「古川原は旧来の治療後申請を選んでいたようです。ただし、治療費は全額クレジットカード決済をして退院しましたから、当院の金銭的被害は全くありませんでした。さらには看護師に対する慰謝料を麦島組が支払う示談の文書も取り付けています」

「麦島組というよりも、友永がそこまで譲歩したということだね」

「うちの院内交番で勤務する、いわゆる院内刑事が話をまとめたんです」

「院内刑事か……県警出身者？」

「はい。神奈川県警の暴力団対策課の出身者です」

「刑事部出身者を廣瀬ちゃんが雇っているの？」

「私が雇っているわけじゃありません。一応、県警の人事と協議をして、定年退職者の中から、それなりに優れた人材を再就職として三年契約で受け入れているんです」

「何人くらい雇っているの？」

「ここの病院では二人です。ただうちの医療法人には病院が三つあるので、都内では警視庁から公安部や組対部のＯＢも採用していますよ」

「そういえば、人事一課の再就職担当者が廣瀬ちゃんのことを再就職仕掛人と言っていたよ。雇用を生み出した、とね」

「今では都内の百近い病院が再就職の受け入れ先になってくれていますからね。人事も将来の組織のことを考えてそれなりの人材を斡旋してくれていますよ」

元々持っていた幅広い人脈を活かしながら、早い時期に警察を離れたからこそできる活動だった。

「本当に組織を愛していたんだね」

「組織を愛していた……と言われると面映ゆいですが、私がここまでこられたのは警察という看板があってのことですからね。組織には感謝しています」

「その気持ちを失っていないのが素晴らしいと思うよ。私もあと四年で退職するけど、その気持ちを持ち続けられるか、悩ましい状況でもあるよ」

「尾崎参事官のように組織の中で昇りつめていくと、見なくていいところもたくさん見てしまうのでしょうね。公安部管理官から突然、組対部に転身したのですからね」

「好きでなったわけじゃないが、トップのご意向だから仕方ない。新しいポジションを与えられれば、そこで新たな楽しみを見つけることを考えればいいだけだからね」

「そのお気持ち、お察しいたします」

廣瀬は話を戻し、麦島組の最近の動きについて尾崎参事官の見解を尋ねた。

「悩ましいところだな。暴力団対策の影響もあったのだろうが、関西最大組織の岡広《おかひろ》組が三分裂し、さらに四分裂となりつつある中で、関東では再び麦島組が最大組織に戻ってしまったことは、廣瀬ちゃんもよく知っていると思う。しかし、岡広組が関東進出してきた際に、麦島組の下部組織の中で独自に岡広組と手を結んだところも多かったんだ。特に、銀座、六本木という夜の街でその傾向が強かった」

「麦島組の本拠地は六本木ですからね」

「そう。銀座は本来、関東の雄と呼ばれていた吉住《よしずみ》会のシマだったんだが、最近は中国人が入り込んで、なかなか統制が利かなくなってきたようだな。そして吉住会と岡広組の間に入って存在意義を保っていたのが麦島組だ。もっともやりにくい立ち場になっていると言って過言ではないだろうな」

「ただ、うちの病院から連れ出してすぐに仏さんに、しかもむごたらしい殺し方をしたとなると、古川原の殺害に麦島組が絡んでいる可能性が高いですよね」

「そこなんだ。連れ帰ったのが三和会組長の鶴丸と麦島組の友永だろう？　仮に三和会の誰かが手を下したとしても、そこには麦島組の意思が働いたと考えるのが普通なんだが……」

「うちの病院に警察ＯＢがいると知りながら、そんなに早く消してしまったのでは、自分たちに火の粉がかかることぐらいわかるはずですがね。そこをどう考えるか……」

廣瀬は頭を巡らした。

「古川原が何か重大なミスをやらかして、放っておけば何が起こるかわからないという危機感があったんだろうな」

「それは三和会ではなく、麦島組にということですよね」

「友永が出張《でば》ってきている以上、そう考えるのが妥当なんだろうが……」

この時廣瀬の頭の中で、何かがスパークしたような感覚があった。現職警察官時代から持っていた独特のファーストインスピレーションだ。川崎殿町病院の中で何かが起こっているのではないかという疑念が浮かんできたのだ。

尾崎参事官との会話を終えた廣瀬は、自室に院内刑事の横山を呼んだ。

「お忙しいところ、お呼びだてして申し訳ありません」

「いいえ。私、何かやらかしましたでしょうか？」

横山は廣瀬よりも年長でありながら、おどおどとした態度で言った。

「病棟や喫茶室で話しにくい内容のことですから、ご足労をおかけしたまでです。実は昨日退院した麦島組関係者の古川原が殺害されたんです」

「殺害？　どういう手口だったのですか？」

「拳銃使用で両膝と陰部、そして頭を撃ちぬかれていたそうです」

「両膝と陰部ですか……女絡みですかね？」

「やはりそう思いますか？」

「両膝をやられたのは、どこかに飛ぼうとしていたからかもしれません。そして頭は……」

廣瀬が答えた。

「額に一発、目を見開いて死んでいたようです」

「恐怖を与えて殺したとなれば、女ではなく、男としてやってはならない、組織に対して何か重大な裏切り行為があったということでしょうね」

「うちの病院と何か関係があることだったのではないでしょうか？」

「うちの病院と……ですか？」

横山は古川原との一問一答を慎重に思い出すように首を傾げて、ある気がかりを口にした。

「うちの病院がではありませんが、うちに転院させた横浜中央医療センターに関係があるのではないかと思います」

「横浜中央医療センターですか？」

「あの病院は今、麦島組が営業しているというようなことを言っていました」

「えっ。麦島組が病院経営を？」

「顧問病院をやっているようで、実質的な経営は麦島組の若頭がやっていると言っていました」

廣瀬は横山が古川原に対して、捜査員さながらの取調べをしたのだろうと想像しながら、質問の方向を変えた。

「横浜中央医療センターからの受け入れは内臓外科の藤田《ふじた》幹夫《みきお》医師でしたよね。横浜中央医療センターの院長と帝都大大学院の先輩後輩に当たるということだったけど

「……」

「藤田医師の評判はあまりよくないようですね」

「えっ、そうなんですか？」

医局からは、何の情報も入ってきていなかった。

「外科医でありながら、執刀後、内科医に対して使用薬品を全て指示しているそうですよ」

「ほう。どこか決まったメーカーなんですか？」

「はい。ジェネリック医薬品ばかりだそうです」

「〝パッチモン〟か……うちの病院ではほとんど使っていないはずなんだけど。事務長に確認したほうがいいですね」

パッチモンというのは関西の一部の地方で使われる言葉で、俗に偽物のことを言い、語源は大阪弁のパチる（盗むの意）から来ていると言われる。

「廣瀬先生にしては珍しい関西弁を使いますね」

「以前、左翼系病院のガサをやった時に、神田《かんだ》の薬現金問屋で話を聞いたんだよ。関東ではジェネリック医薬品のことを〝ゾロ品〟、関西では〝パッチモン〟と呼ぶらしいんだ」

ジェネリック医薬品とは、医療用医薬品の有効成分に対する特許が切れた後に、他の製薬会社が同じ有効成分で製造・供給する医薬品のことである。後発医薬品のほか、GE薬などとも呼ばれる。先発の医薬品（新薬）は先発医薬品、先発薬と呼ばれている。

ゾロ品は先発医薬品の特許権が消滅したときに、後発医薬品がゾロゾロと出てくることから、薬事関係者の間で称されるようになったという。パッチモン同様、決していい意味で用いられているわけではない。

現在では欧米の先進国並みに、ジェネリック医薬品の普及が厚生労働省主導で政策として進められている。横山が訊ねた。

「うちの病院ではどうして先発医薬品にこだわるのですか？」

「これは理事長の方針ですね。先発医薬品と後発医薬品とでは、有効成分においては違いがないとされていますが、同じ成分であっても製造方法や薬の溶け方等によって効能や効果が異なることがあるそうなんです。例えば薬の溶け出す速度が違ったり、有効成分が分解されやすかったり、有効成分が同じでも製造方法や薬の添加物、剤形が変わるだけで差がでてくるらしいんです」

「なるほど……確かに先発医薬品とジェネリック医薬品では同じ成分の薬であって

も、味が違う場合もありますよね」

「そうらしいですね。私は滅多に医者にかかることがないから、医専の薬を飲むことが少ないんですが」

「薬専ですか？」

「医専の薬のほうがよく効くとは言われていますけどね」

医薬品には大別して医療機関が使用する医療用医薬品と、薬局等で販売している大衆薬としての一般用医薬品の二種類がある。医薬品業界では前者を医専、後者を薬専と呼んでいる。

「私も医者嫌いで、女房から定期検査だけはやってくれ、と言われていますよ。それはそうと、藤田医師のジェネリック医薬品使用に関しては事務長と薬剤師主任に確認をとればいいと思います。これは看護師からの報告ですが、藤田医師は特定のジェネリック医薬品メーカーの担当者と個人的に相当仲がいいそうです」

「なんで看護師が知っているんですか？」

「藤田医師は実家が開業医ということもあって、相当羽振りがいいようなんですが、これと比例するかのように女性関係も派手なのだそうです。手術室や外来だけでなく、病棟の看護師にも結構声を掛けているようですよ。そして食事や飲みに行った時、自分のカードで決済をするそうなんですが、領収書は、そのジェネリック医薬品会社名でもらうとか」

「そうだったのですか……ちょっと調べる必要があるかもしれませんね。医局の担当部長に聞いてみますよ。ひょっとして、そこに何か今回の事件の問題点が隠れているかもしれません。ちなみに、そのジェネリック医薬品会社の名前はわかりますか？」

「関西系のジェネリック医薬品会社としては大手の、淀河《よどがわ》製薬です」

「テレビコマーシャルもよくやっている会社ですね……今後は、些細な情報でも私の耳に入れてください」

廣瀬が頭を下げると、横山は慌てた様子で答えた。

「私が適時報告を上げなかったのがいけなかったんです。今後は注意いたします」

横山が部屋を出ると、廣瀬は横浜中央医療センターの実態を調べるため、警視庁公安部公安総務課事件担当の勅使河原《てしがわら》警視に電話を入れた。

「廣瀬ちゃん、相変わらず忙しそうじゃないの。先月の年次定例会にも顔を出さなかったもんね」

「先月は地方出張が入ってしまいまして、伺うことが叶いませんでした。会費は振り込んでおいたんですが」

「二年連続欠席だったから、会計担当が心配していたよ。公安部長や第一担当、サイバー担当とは割と連絡を取っているようだね」

「なるべく古巣には迷惑をかけないように、とは思っているのですが、反社会的勢力や要注意団体関係者が当院には頻繁に顔を出すものですから、つい甘えてしまいます」

「いやいや、廣瀬ちゃんからの連絡は事件情報だけでなく、重大な警備情報も多いから、部内の各課の担当者は結構当てにしているそうだよ。ところで今日はどうしたの？」

廣瀬は、殺害された麦島組二次団体の組員が、殺害直前まで川崎殿町病院に入院しており、組対から調査依頼が来たことを説明した。

「三和会の若頭補佐のことだな。奴は麦島組がやっている政治団体の立憲護持社の副代表でもあったから、三課も注目しているんだよ」

「右翼だったのですか……」

「右翼といっても、たいした活動はしていないんだが、最近、金回りがいいという噂もあったんだ」

「どこかカツアゲしていたんでしょうね」

「いいタマを捕まえたんだろうが……奴は怪我、病気のどっちだったんだ？」

「病気です。女性看護師に対して院内暴力を働いたので、強制退院させたばかりだったのです」

「強制退院か……入院前から何かやっていたんだろうな」

「その件で、実は横浜中央医療センターという麦島組が裏で動かしている病院があるようなのですが、奴はそこからの転院なのです」

「ほう。それは初耳だな。神奈川県警は知っているのか？」

「まだ確認しておりません。案外、〝ハム〟のほうが情報を持っているのではないかと思いまして連絡を差し上げました」

「麦島組というのが悩ましいな」

「はい。関東と関西の仲裁役的存在ですからね」

「その関西の最大勢力が分裂してしまったからな。いいとこ取りをした、という噂もあるようなんだ」

「そういう背景もあるのですね……」

廣瀬は思いがけないヒントをもらったような気がしていた。反社会的勢力の中でも最大勢力を誇った岡広組の分裂は、全国規模で大きなハレーションを起こしていた。中でも、東京と神奈川が大きく影響を受けていることは廣瀬も薄々勘づいていた。

「銀座の吉住会は動きを止めていたが、麦島組は銀座と六本木の岡広組総本部直轄にも触手を伸ばしているそうだ」

「総本部との間で対立抗争は起きないのですか？」

「岡広組はその余裕がないようだ。分裂した相手側がさらに分裂しているだろう。総本部側としては立て直しのチャンスなんだ。だから部外と新たな抗争をやっている暇はないんだな。多少のことには目を瞑《つぶ》っているらしい」

「六本木は元々麦島組のシマですが、銀座はそうはいかないのではないですか？」

「銀座は中国系が一気に進出してきているからな。七丁目、八丁目でも中国人の呼び込みが増えて、古い店の大御所と呼ばれているママたちも怒っているようだ」

「そのうち、銀座に立ちんぼが出てくるかも知れませんよ」

「それがもう出ているんだよ。マッサージと称してね」

廣瀬はしばらく銀座に足を延ばしていなかった。まさか、銀座がそこまで落ちぶれているとは思いもよらなかった。

「銀座にですか……築地署は動いていないのですか？」

「毎月、店の名前と経営者が変わるので、いたちごっこになっているらしい」

「仕切っているチャイニーズマフィアの系列もわからないのですか？」

「香港系というところまではわかっているようだが、新宿や池袋のルートとは全く違う連中らしく、案外本国の直轄で動いているのではないかという話だ」

銀座は世界でも類を見ない歓楽街だ。

「中国が狙っても決しておかしくはないのでしょうが……」

「そこなんだよ。チャイニーズマフィアがやっているのか、中国共産党がやっているのか……外事二課も慎重に動いているようだ」

「二課もまだ摑んでいないということですかね」

廣瀬には国家として中国が動いているのか、チャイニーズマフィアが動いているのか全く判断がつかなかった。

「それよりも、廣瀬ちゃんが言っていた横浜中央医療センターというのを調べたほうがいいんだろう？」

「病院一つゲットしたところで、保険請求くらいの旨《うま》みしかないと思うのですが、気になるのがジェネリック医薬品の関係なんです」

「ジェネリック医薬品？　安い薬のことだろう？」

「ジェネリック医薬品専門会社で淀河製薬というのがあるのですが、どうもその製薬会社が裏で何かやっているような気がするんです」

「淀河製薬といえば、テレビコマーシャルもやっている大手じゃないの？」

「ジェネリック医薬品専門の製薬会社としては五指に入ると思います」

「横浜中央医療センターが淀河製薬と組んで何かやらかしているとなれば、面白いな……」

「新たな情報が入り次第、また連絡いたします」

勅使河原警視との電話を切った廣瀬は、ジェネリック医薬品の流通経路と、これを海外に持ち出した場合のメリットの調査に入った。

第二章　ジェネリック医薬品

製薬会社には医薬情報担当者がおり、「Medical Representative」の頭文字をとって「MR」と呼ばれている。医師や薬剤師を訪問して、医薬品の品質や効能、安全性などに関する情報を提供している。しかし、本来の役目は「営業」にあり、自社の医薬品情報を多く提供し、自社の薬をできるだけ使用してもらうべく活動している。

医薬品の副作用等の情報を収集し製薬会社にフィードバックすることもあるが、自社の薬が売れなければ意味がないのだ。

製薬会社のMR同様、大手医薬品問屋には「プロパー」と呼ばれる営業マンもいる。彼らは医薬品の販売促進活動を行っている。プロパーは「宣伝者」という意味の「プロパガンディスト（propagandist）」に由来する。

「先生、今回の新薬を処方した結果はいかがですか」

阿部智子《あべともこ》は大手製薬会社のＭＲで入社五年目の二十七歳。明るい性格で、担当地域の医師や薬剤師からの受けもよかった。

「ああ、阿部君、できる限り積極的に使っているし、今のところ副作用も認められないよ」

「ありがとうございます。引き続きよろしくお願いいたします。ところで、弊社の先発薬品の外用副腎皮質《ふくじんひしつ》ステロイド剤の伸びがないようなのですが、この時期、アレルギー疾患対策はどうされていらっしゃいますか？」

「いい薬だとは思っているよ。軟膏《なんこう》もクリームもいいとは思うんだが、後発がたくさん出ているからね」

「それは承知しておりますが、やはり先発薬としてのデータも揃っておりますので、ご使用していただければ幸甚なのですが」

「そうね。阿部さんがそこまで言うのなら考えてもいいんだけど。今度、一緒にお酒付き合ってくれる？」

そう言う医師の目の奥に猥雑な雰囲気を感じたが、智子は決して表情には出すことなく、ニコリと頷いて「よろしくお願いいたします」とだけ答えた。

医療現場における接待関連行為が禁止となっているにもかかわらず、タクシーチケットを求めてくる医師はまだ多い。企業側には周知徹底されていることが、カウンターパートである医師には未だに理解されていないという現実があるのだった。

三日後、智子はその医師が外用副腎皮質ステロイド剤を百本注文してきたと営業担当から報告を受けた。しかし、智子はすでに社内人事異動で一般のMRから、地域包括ケアシステム担当になり、担当地域も横浜市から川崎市に変わっていた。

地域包括ケアシステムとは、日本の高齢化に伴い、高齢の患者が、住み慣れた地域、しかも在宅で、最後まで自分らしい暮らしができるよう、医療や介護、生活支援、住まい等を包括的にケアするシステムである。これまで医師や薬剤師との接点が主であったMRの業務対象が多職種に広がり、医師、薬剤師、看護師、ケアマネジャー、介護士、ヘルパー等との連携が必要となった。

智子は社内のMRの約半数を占める薬学部卒ではなく、経済学部卒業だった。しかし、親族に医師が多く、子どもの頃から医療に関する知識を無意識のうちに習得していた。このため、社内で行われる新薬等の研修会や外部の講演会に出ても、比較的スムーズに内容を理解することができた。

「一口に患者の情報を共有し、協力して患者をサポートするシステムを構築すると言っても、どれだけのデータが必要になるかピックアップするだけでも大変です。おまけに同じ川崎市でも地域格差が大きく、社内で画一的なシステムを組むことができるのか悩みます」

「それはどこでも同じだと思うが、すでに実際に行われている、地方自治体のシステムを参考にしたほうが話が早いかもしれないな」

新たに智子の上司となった渋谷周平《しぶやしゅうへい》が、腕組みをしながら答えた。渋谷は大手広告代理店から国家公務員に転職し、定年前に専務取締役としてヘッドハンティングされてきた逸材だった。しかも、役員でありながら関東地域の統括責任者として、現場で動くのが好きだという。

「地方自治体はすんなりと個人データを一企業に渡してくれるのでしょうか？」

「いや、今後は地方自治体も一緒になって活動するはずだし、複数の病院が連携を取らなければならないんだよ」

「それは国の意向もあるということなんですね」

「そう。地域包括ケアシステムは、高齢者の医療を病院や介護施設等から在宅へシフトさせることを目的としているからね」

「病院の負担軽減に製薬会社も関わるんですね」

「そういうことになるね。ただし、在宅医療や在宅介護となれば、家族の負担も大きくなる。これまで働きに出ていた主婦層を再び家庭に戻すことにもなりかねない」

「結果的に女性の就労の範囲が制限されることになりかねませんね」

「我が国の場合、どうしてもそうなる可能性が高いし、老老介護という負担を強いることにもなりかねない。さらに外国人の労働力が求められるようになるだろう」

渋谷は役人経験があるだけに、複合的な情報の分析力にも長《た》けていた。

「単に病院を増やしても、医師や看護師が不足しますし、何が一番いい手立てなのか、国は検討をしたのでしょうか？」

「そのために介護士やケアマネジャーの育成や、リタイアした看護師の再雇用も現実のものとなっている。やってみなければわからない点も多いだろうが、現に欧米では一定の成果を上げているようだよ」

「欧米では学生のアルバイトとして、ベビーシッターがあたり前のように行われてきたと、母が言っていました。日本でもやっている子はいますが、そのほとんどが身内のためで、制度として確立されているかといえば、そうでもありません」

「日本でベビーシッターの制度が普及しないのは、他人に自分の子供の命を預けることへの不安に加えて、自宅のキッチンを使われたくないという女性の意識もあるようだね。昔は、お手伝いさんを雇える人も、かなり限られていたけれど」

「医師くらいなものでしょうね」

「でも、最近の医師でも本当に儲かるようになるのは博士号をとってからというよ。博士をとるまでに四十代そこそこになってしまうことを考えると、実家が病院という環境でなければ難しいのかもしれないね。特に都会の大病院での勤務だと、結構安く使われているようだ」

「それでも元を取るのが医師なんでしょう？　お医者さんの奥さんで仕事を持っている人に、私は会ったことがありません」

智子が憮然《ぶぜん》とした顔つきで言うと、渋谷は笑いながら答えた。

「どんな職業でも三十代後半から四十代が一番面白い仕事をできるものだからね。しかもその時期は子育てと教育に金もかかる。医師だって同じだよ。ただ、医師の場合には働けば働いただけ収入も増えるから、一般企業の超過勤務手当とは金額が変わってくるのは事実だね」

「確かにお医者さんが時給で働くというのは聞いたことがありませんよね」

「どれだけの患者を診たかが医師の報酬基準だからね」

「そうですか……それだけ忙しいということなのですね」

智子が頷くと、渋谷は笑みを崩さずに言った。

「とはいえ、開業医ではない医師にとって、勤務地の選択は、実に悩ましいところなんだろうな。医師としての腕を上げようとすれば、どうしても症例の多い都会にいなければならないだろうし、特に大学病院になれば、学生の延長のようなもので、教授のご機嫌を窺《うかが》いながら安月給でこき使われる。しかも、毎年毎年、新人は腐るほど入ってくるわけで、本当の実力がなければ芽が出ないとも言われているからね」

「大学病院ともなれば派閥も大きいのでしょう？」

「そうだな……他校との競い合いに加えて、大学閥の中であっても、担当教授の口利きがなければ、いい病院には行けないだろうからね」

「神奈川の個人病院で大手となると、どこがあるんですか？」

「今一番大きいのは、医療法人社団敬徳会川崎殿町病院かな」

「敬徳会といえば、各地にいくつか大きな病院を持っていますよね」

「そう。あの病院の理事長はヤリ手だからね」

「どういう人なんですか？」

「理事長の住吉幸之助は三代目ではあるんだが、医師というよりは『診療をしないオピニオンリーダー』といわれているな。厚労省にも顔が利くし、政治家とのパイプも太い」

〝診療をしない医師〟という存在に、智子はピンときていないようだった。

「おじいちゃんなんですか？」

「いや、まだ五十代じゃなかったかな。内閣や厚労省、総務省等のいろんな諮問会議の委員になっている」

「病院の評判はどうなんですか？」

「川崎殿町病院はまだ新しい病院なんだが、群を抜いて評判がいい。それも患者からだけでなく、職員からの評価も高いようなんだ」

「給与がいいのですか？」

「そうだな。相場より二〇パーセントは高いようだ」

「そんなに儲かっているのですか？」

智子は呆気にとられた。

「いろんな企業と提携しているようだね。管理職クラスの医師は全員が産業医の資格を持っているそうで、その収入も馬鹿にならないし、ＶＩＰ専用の病室まであるようだよ。特に、場所が羽田空港に近いだろう？　羽田空港を利用するＶＩＰが直接運び込まれることもあるようだよ」

「航空会社とも提携しているんでしょうか。確かに経営の才能があるようですね」

「敬徳会は成田市にも病院を持っているんだよ」

「そうなんですか。そこまで行くと他の病院では太刀打《たちう》ちできませんね。うちのMRは誰が担当しているんですか？」

「それが、まだ契約をしていないんだ。何でも直にやっている製薬会社は極めて少なくて、大手の薬問屋を使っているようだね」

「何か理由があるのでしょうか？」

「危機管理の問題だと思うよ。業界では有名な危機管理担当がいて、理事長の次に実権を持っているそうなんだ」

「危機管理担当者がですか？　事務長よりも、ということですよね」

「私も会ったことはないんだが、私の古巣の幹部が言っていたんだ。院長でさえその危機管理担当にお伺いを立てているそうだ」

「理事長は院長ではないんですね？」

「敬徳会は三つの病院を持っているし、福岡にも新病院を建設しているそうだよ。あの競争がとりわけ厳しいと言われている福岡に乗り込むのは、現地の政財界に相当なパイプがないと難しいだろう」

「その危機管理担当というのは川崎殿町病院だけの担当者なのですか？」

「どうだろう。ただ、理事長と阿吽《あうん》の呼吸で動いているそうなんだ」

　智子はその危機管理担当という存在に興味を抱いた。

「川崎殿町病院はまだ新しい病院ですけど、そんなに信頼が厚い人物を一ヵ所だけの担当に置いておくものでしょうか？」

「噂では成田の病院は川崎殿町病院を作るための実験施設だったとも聞いているから、その頃から病院経営に参画していたのかもしれないね。成田の担当者に聞いてみようか」

「私なんか、敬徳会一つを押さえるだけで、どれだけの営業実績が上がるのか、考えただけでもワクワクしちゃいますけど、これまで営業部は何をしていたんでしょう」

「彼らだって、相当チャレンジしてきたと思うけどな」

　渋谷は腕組みをして、首を傾げた。

「それにしても敬徳会の薬業に対する方針もおかしいと思います。特定の医薬品会社は受け入れて、その他の会社はMRを含めて門前払いしているわけでしょう」

「MRの営業活動の中心は医薬品に関する情報提供や、副作用情報を集めてフィードバックすることにあるからな。医薬品の販売促進活動ではないだろう？」

「それはそうですが、薬品を使ってもらわなければ情報のフィードバックもできません。もちろんMRには、患者の治療を助けるべく、高い倫理観が求められています。医療従事者と共に医療を担うという使命感を持って社会貢献に努めているのです」

「その信念を医療従事者がどこまで理解しているか……単に製薬会社の営業職という見方が強いんじゃないかな」

「医療用医薬品の中でも新薬は著しい効果を示す反面、それに比例した強い副作用を持つ二面性があることは事実です」

「それを如何《いか》に医療従事者に知らしめるか。これも医薬品業界がもっと積極的に行わなければならない分野であるんだが、医専、薬専と呼ばれるように、薬専には金をかけても、医専では営業とMRの協調さえ行われていないのが実情だろう」

薬の中でも薬専に関してはテレビコマーシャルも多く流され、莫大な広告費もかけているが、医専は口コミに頼るしかない。

「それはそうですが……医専と薬専では薬品そのものの用量や効能も違いますし、目的も違います。医療従事者が扱う薬はより専門的で、患者にとっては最後の拠り所となるものです」

「阿部さんがそこまで言うのなら、一度、川崎殿町病院にチャレンジしてみればいいんじゃない？」

「アポイントメントさえ取れればいいのでしょうが、これまでうちは誰も面談さえできていないのでしょう?」

「僕は関東地域の責任者を兼ねているから、昔の同僚に頼んで、川崎殿町病院の危機管理担当にコンタクトを取ってみよう」

「そんなことができるのですか?」

「もともと彼とは同じ職種だから、ルートを通じてこちらの姿勢を示せば会ってくれるとは思うよ」

渋谷の言葉に、智子は念押しするように訊ねた。

「専務は、厚生労働省にいらっしゃったんですよね?」

「いや、僕は警察だよ」

「警察? 東都大出のキャリア官僚とは伺っていましたが、警察だったのですか?」

「製薬会社には結構再就職しているんだよ」

「それって、天下りっていうことですか?」

「それも確かにあるけど、僕の場合は役人を途中で辞めたから、中途採用と同じだよ」

「でもキャリア官僚だったわけでしょう?」

「官僚というのは外部の人が勝手に言う言葉であって、自分で自分のことを官僚と呼ぶのは権力志向が特別に強い変わり者くらいしかいないよ」

「失礼ですが、どのくらいの地位にまで昇られていたのですか？」

「県警本部長を二度経験して、審議官で辞めたよ」

「どうしてと聞くのは失礼かもしれませんけど……そこまで昇っても辞めたくなるものなのですか？」

「キャリアは同期二十人位が競争するだけの世界なんだ。特に警察の場合、最終ポストは二つしかないけど、これを同期が独占することは稀で、警察庁長官か警視総監のどちらかが最終ポストになる。まあ、その中である程度のポジションまできてトップを争うのは毎年次、三人位に絞られてくるけどね。そして最後は政治力がものを言う」

「やはり政治ですか……」

智子のがっかりした顔つきを見て、渋谷が笑った。

「三権分立を習ったでしょう。国権の最高機関は立法府、つまり国会だけど、これを構成しているのが国会議員。霞が関というところは行政府の中にあるわけで、警察の捜査だって行政行為だから、そのトップは必然的に内閣総理大臣ということになる。

だから役人の最終的な人事権は、行政のトップである内閣総理大臣にあるんだよ」

「そう言われるとわかりやすいですね……」

「人事権を持つということは組織を牛耳るのと同じ。今でこそ政治が安定してきたけど、この安定だって一強他弱の政治だから、決して健全な民主主義の中にあるわけではないんだよ」

「健全な民主主義というのは？」

「やはり政権交代可能な二大政党の勢力が拮抗しながら、鎬《しのぎ》を削り合って国を良くしていくことだと思うけど、日本の民主主義は発展途上、まだまだ試行錯誤の中にあるといっていいだろうね。だから投票率が伸びないし、健全野党が育たない。これは国民の政治意識の低さが災いしているからなんだ」

「民主主義の発展途上ですか……私は日本の民主主義は十分成熟していると思っていました」

智子の言葉に頷くと、渋谷は話題を川崎殿町病院に戻した。

「とにかく、川崎殿町病院の危機管理担当にはあなたが会ってみてください。僕が会っても仕方ないからね。現場のあなたが会うほうが双方のメリットになるし、ＭＲの立場を先方に正しく理解してもらえると思うから」

「責任重大ですね」

「ダメならダメで仕方がないことだよ。不戦敗だけはよくないよ」

「専務は、相手の危機管理担当の方と面識はないのですか？」

「残念ながらないんだ。僕は専ら刑事畑、彼は警備公安一筋だったみたいで」

「危機管理担当の方もキャリアだったのですか？」

「いや、キャリアではなかったけど、警備警察の世界では全国区だったみたいだね」

智子が聞き返した。

「全国区というと？」

「ああ、失礼。昔、参議院選挙では全国区と地方区という選挙区割りがあって、全国区というのは日本全体が一つの選挙区だったからそう言っていたんだ」

「すると大きな組織票とか、有名人には便利な選挙だったわけですね」

「そうだね。元テレビアナウンサーがトップ当選したこともあった」

「変な話ですね。小学校のクラス委員長選挙みたい」

「今の選挙だってそんな感じだろう。おっと、また政治の話になってしまったね」

会話を切り上げると、渋谷は智子の目の前で携帯電話を上着の内ポケットから取り出し、記憶している番号を打った。

「もしもし、吉村《よしむら》刑事局長をお願いします。同期の渋谷と申します」

架電先は警察庁の代表電話だったようだ。智子でさえ、映画やテレビドラマ等で警察庁刑事局長がどれだけ上級のポジションかは知っていた。

「おう、吉村。忙しいところ悪いな」

「渋谷か、珍しいな。二年ぶりか。たまには同期会にも顔を出せよ。やはりお前がいないと寂しいよ」

「そうだな。ただ民間人も結構忙しいんだ。それより次は次長か？」

「それが、このまま総監になりそうだ。官房長が身体を壊してな……」

「そうか……すると、長期政権になるんじゃないのか？」

「いや、一年半か二年で辞めるさ。後輩に迷惑を掛けたくないし、通常の人事ルートに乗せたら潔く去るつもりだ」

吉村刑事局長は、渋谷に電話の理由を訊ねた。

「吉村、昔、警視庁公安部にいた廣瀬知剛を知っているだろう？」

「ああ。俺が公安総務課長だった頃の係長だ。ある種のスーパーマンだな。未だに官邸で菅原《すがわら》官房長官や事務方の吉國《よしくに》官房副長官と会っている」

「やはりそうか……実は現在の仕事の関係で彼とコンタクトを取りたいんだが、一番いいルートはどこだ？」

「俺でもいいぜ。この前、官房副長官室の前でバッタリ会ったんだよ。各省庁の幹部を二十分以上待たせて、吉國官房副長官が大笑いしながら見送っていたよ」

「噂どおりのすごい奴だな」

「ああ。あの鬼の吉國官房副長官が満面の笑みで見送ったんで、待たされていた各省庁の幹部も、誰なのかヒソヒソ話をしていたほどだ」

内閣には政務と事務の二種の官房副長官が存在する。

政務の官房副長官は国会議員の中でも将来を嘱望された者が官房長官を補佐する立場で就き、事務方は霞が関官僚のトップが就く。霞が関といっても、旧内務省系の省庁の事務次官経験者がほとんどである。

吉國官房副長官は警察庁出身で専ら警備畑を歩き、警備局長、警視総監、内閣情報官、内閣危機管理監を経て、内閣総理大臣直々の依頼を受けて現職に就任していた。

廣瀬と吉國官房副長官との接点は、廣瀬が警視庁公安総務課情報担当の警部補時代に、警備局長直轄として動いていたことに由来する。

渋谷は、吉村刑事局長に廣瀬と話したのか訊ねた。

「ああ、向こうから挨拶に来たよ。腰の低さはいつも通りで『間もなく総監ですね』

と笑顔で言っていた。俺が長官から内々示を受けた翌日のことだぜ。相変わらずの情報網を持っているなと思ったよ」

「彼の仕事は医療法人の危機管理担当だけじゃないのか？」

「俺もよくわからないんだ。あれだけの人脈を築いた背景もな。鬼の吉國の子飼いであることは間違いないし、官房長官とは一回生の頃からの付き合いのようだが」

「それで、実際のところ連絡は取れるのか？」

「病気等でお困りの時はいつでもご連絡くださいと言っていた。厚生労働省や文部科学省とも太いパイプがあるらしく、国立病院や国立大学病院だけでなく、最先端のがん治療となった重粒子線治療の窓口も知っている様子だった」

「バックに住吉幸之助理事長がついているから……というわけではなさそうだな」

「住吉幸之助と完全にタッグを組んでいるようだな。警部時代の動きと同じだ。彼は自分の役割というか、ミッションの本質を理解して動いていたからな。組織のトップが頼りにしてしまうんだろう。今のお前の立場では営業の一環なんだろうが、明日にでも電話をしてみようか？」

「そうしてもらえるとありがたい」

翌日、廣瀬のデスクに、警察庁の吉村刑事局長から電話が入った。

「廣瀬でございます。先日は立ち話で申し訳ありませんでした」

「やあ、官邸にはしょっちゅう顔を出しているのかい？」

「月に一度、という感じです。官房長官と十五分、官房副長官と二、三十分という短さですが、話題の幅が広いのであっという間に終わってしまいます」

「廣瀬君は昔から話題の幅が広かったけど、二人に共通する話題もあるんだろう？」

「医療の現場もそうですが、中国や北朝鮮の内情やアメリカの要人の健康問題等が多いですね」

「そういう情報も入るのかい？」

「理事長が向こうの医療関係者と相互に情報交換しているようですね」

「すると、日本の要人の情報も流れているということなんだな」

「そうなんでしょうね。要人といわれている方々の主治医やセカンドオピニオンとも交流がありますからね」

「それは個人情報の漏洩《ろうえい》になるんじゃないのかな」

「ある意味ではそうでしょうね。ただ、情報収集というのは一方的な入手ということはありませんし、理事長もその点は十分に理解しています。私がこれを官邸筋に伝えていることも承知していますからね。個人情報といえども国家の利益が優先する、という感覚なんでしょう。要人というのはそれだけ公的立場にあることを、ご本人も理解されていらっしゃるでしょうから」

「いわゆる公人ということだね」

「私はそう考えております」

「国家が優先するという感覚は、廣瀬君が公安時代に培われた感覚なんだろうね」

「完全にすりこまれていますね」

廣瀬につられて、吉村刑事局長も笑った。

「その精神が廣瀬君を支えているのだろうね。ところで今日連絡をしたのはちょっと相談があってのことなんだ」

「どういうことでしょう」

「実は私の同期生が今、とある製薬会社の役員になっているんだ」

「いつ、お辞めになったのですか？」

「もう五年になるかな。警備担当審議官で辞めたんだけどね」

「そこまで残られていたんですか。優秀な方なのでしょうね」

廣瀬は元警備担当審議官の名前を訊ねた。

「渋谷周平という。私より優れていると、ずっと思っているよ。実際に各種成績は私よりも上だった」

「群馬県警本部長をされていた方じゃないですか？　確か長官候補とも言われていた時期がありましたよね」

「そう。その渋谷だよ」

「お辞めになった理由はなんだったのですか？」

「ヘッドハンティングが第一の原因だったんだが、同期のトップスリーに残った段階で、霞が関独自の競争社会が嫌になったのかもしれないな。いまだに同期生だけでなく先輩後輩とも連絡は取り合っているようだけどね」

「お気持ちは察することができますね。それで、その方はうちの病院に営業をかけたいのでしょうか？」

「そうだと思うんだけど、本人ではなくＭＲに会ってもらいたいと言っていた」

「ＭＲですか……」

何人かのＭＲは、川崎殿町病院の医局にも出入りしていた。

「廣瀬君の病院は、ＭＲや営業を拒絶しているわけではないの？」

「それはないと思いますが、医局としてもＭＲとの対応に時間を割くのが大変という声は耳にしています。さらに一度、ＭＲになった極左の活動家が入ってきたりしたものですから、危機管理担当としてそのメーカーを切ったこともあったんです」

「それは大変だったね。すると今回の話はご迷惑だったかな」

「いえ、吉村局長の同期で警備担当審議官を経験された方となれば、十分に信用に値します。お役に立てればうれしいです。私のところに連絡を入れていただくようにお伝えください」

「申し訳ないね」

「いいえ、信用できる会社とはお付き合いしたいものです」

吉村刑事局長が安心して電話を切ったのを確認して、廣瀬も受話器を置いた。

数時間後、廣瀬のデスクに総合受付から電話が回ってきた。

「四井《よつい》十字《じゅうじ》製薬の阿部と申します。弊社専務取締役の渋谷を通じてご紹介いただきました」

「はい、吉村刑事局長から伺っております。阿部さんはＭＲをされているのですね」

「一度、三十分ほどでもお時間を頂戴できればありがたく存じますが、ご予定はいかがでしょうか？」

阿部智子が廣瀬を訪ねてきたのは、翌週の月曜日だった。

「四井十字製薬といえば四井ケミカルホールディングス傘下の医療用医薬品を中心とする医薬品の製造・販売大手ですよね」

「弊社は国内では大手の部類に入っているのかもしれませんが、世界的に見れば決して大手といえる立場ではありません」

「旧財閥系の四井グループだけでなく、四和《よんわ》会のメンバーにもなっている点から考えると、他の独立系大手製薬会社とはまた違った形で大手でしょう」

廣瀬は智子と会う前に四井十字製薬のバックグラウンドを調べ上げていた。四和会は、三大財閥以外の金融部門を中心とした財閥や、特定の産業部門を中心とした財閥が財閥解体により再編してできた企業グループの一つだった。

「経営者や役員にとってはそうかもしれませんが、末端の私たちにとっては、それで保護を受けているという感覚は全くありません」

「製薬会社は研究開発においても、新薬開発においても莫大な費用が必要とされるからね」

「バイオテクノロジーの発展のおかげで、様々な分野でその技術を応用した健康サプリの開発や創薬に力を入れている企業は増えています」

医薬品産業は医療と密接に関わっているため、世界的な高齢化や人口増加により医薬品の需要が高まっていた。

「最近はジェネリック医薬品の普及も大きいから、新薬を開発する製薬会社はどうしても化学分野との連携も必要となって、大企業化する必要性に迫られているんじゃないのかな」

「確かにそう思いますが、新薬を開発している製薬会社のMRとして現場で動いている私は、会社のバックグラウンドではなく、現在製造している薬を必要としている世界中の患者に如何に適正に投与できるかを考えるだけです」

「なるほど。阿部さんは渋谷さんが推奨するだけの人材ですね。そういう感覚で日々仕事をするのは大変でしょうが、当面は当院の患者にも目を向けてください。四井十字製薬としては当院のどの分野の診療科目に着目しているのですか？」

「川崎殿町病院様のデータを調べた結果、抗がん剤治療が大きなウェイトを占めていらっしゃるようですので、内科の中でも消化器と呼吸器部門、それから内臓外科のドクターにお引き合わせいただけるとありがたいです」

「それならば内科部長と外科部長を紹介しましょう。後はあなた次第ですね」

廣瀬は会議室に医局の内科部長と外科部長を呼ぶと、阿部智子を紹介した。説明を終えた智子が廣瀬に挨拶をしに戻ってきた。

「ところで、阿部さんはジェネリック医薬品専門製薬会社の情報もご存じですか？」

「はい、弊社が先発している薬品のジェネリック医薬品を取り扱っている会社とその製品については承知しております」

「淀河製薬はいかがですか？」

「ジェネリック医薬品部門で弊社とは競合会社です」

「評判はどうですか？」

「あまり他社のことは言わないほうがいいと思っております」

「今日初めてお会いしたばかりの関係で、個人的に……と言うのは都合のいい話かもしれませんが、何か知っていることがあったら教えていただきたいのです」

「淀河製薬とご関係があるのですか？」

「当院の医師が個人的に付き合っているようですが、その結果、淀河製薬の薬が処方されていることがわかったばかりなんです」

　廣瀬は包み隠さずに質問の意図を明かした。智子は驚いた顔つきを見せたが、一度大きく深呼吸をしてから廣瀬を見すえた。

「実は、淀河製薬さんの一部のＭＲや営業の方の、驚くような営業方法を聞いたことがありますし、知り合いの医師も私に打ち明けてくれたことがあります」

「どういう営業方法なんですか？」

「ターゲットを絞った医師に対して、数千万円を渡す手口です」

「数千万ですか……そんな大金をどうやって？」

「私の知り合いの医師に対しては、『先生、一千万円でレクサスを買いませんか？』と持ちかけたそうです」

「レクサスなら、それくらいの価格の物はありますね」

「レクサスＬＳだったそうなので、車両の価格は同じだったそうです。ただ、その車の中に二千万円相当の淀河製薬のサンプルが積まれていたそうです」

「サンプルですか……どうにでも現金化できるわけですね」

「サンプルでも、処方する時には薬価点数どおりに保険請求できます。それをどう使うかは本人次第なのです」

「その医師はどうしたんですか？」

「レクサスを一千万円で買って、すぐに売却したそうです。それも買った時よりも高値で売れて、サンプルもうまく使った、と言っていました。しかも、実際に薬を調剤した薬局とは別のグループ内の薬局に、社員やその家族の処方箋を送付し、送付先の薬局で調剤したものとして不正に保険請求をして利益を上げたとか。薬局とも組んでいるのです」

「処方箋の付け替えってやつですね」

しかし、仕入れ伝票は残るはずだ。薬局を調べれば裏が取れるのではないか、と廣瀬は疑問をぶつけた。

「間に現金問屋を挟めば何とでもできます。その医師の実家の病院は院外薬局の他に、大阪と都内に現金問屋も経営していました」

「まだそんなことをやっている医師がいるんですね……しかし、裏付けを取ることはできませんよね」

「それが、その医師は私にセクハラとパワハラを重ねたような姿勢で接していましたから、その時の音声を録音しているんです」

「ボイスレコーダーですか？」

「小型のテープレコーダーです。弊社の危機管理担当者が女性のＭＲに対して、証拠能力の観点から、ということで持たせていたものです」

「ほう、たいした危機管理担当者ですね」

「警視庁出身者でした」

「どうりで……そこまで気付くのは公安か捜査二課出身の方でしょう」

「公安だと申しておりました」

廣瀬は思わず笑みをこぼした。

「公安部ＯＢも活躍しているな。そういう職員をうちでも雇いたいものです」

「なぜテープレコーダーなんでしょう？」

「デジタル式のボイスレコーダーは機械を使えばどうにでも加工できます。その点、テープレコーダーで録音テープに記録されたものは変造できないのです。ですから、重要な供述を録《と》る時はいまだにテープレコーダーを使うんですよ」

「そうだったんですか……私は危機管理担当者が年齢的にボイスレコーダーを知らないからかと思っていました」

肩をすぼめた智子が笑顔で答えた。それを見て廣瀬も微笑んだ。

「ところで、その医師の診療科目は何でしたか？」

「内臓外科です」

「帝都大出身ではなかったですか？」

「はい。帝都大卒でした。どうしてご存じなんですか？」

「ちょっと思い当たるところがありましてね」

廣瀬は考えを巡らせていた。その姿を見て智子はおそるおそる訊ねた。

「あの、この病院の先生も帝都大出身の内臓外科の方なのですか？」

「うん。そうなんですが、ちょっとね……」

「すいません。余計なことを伺ってしまいました」

「いや、そうじゃないんです。大学病院のような大きなところを取引先にするのは製薬会社にとってもメリットがあるのでしょうけど、うちのような個人病院で、しかも一つの部門だけを押さえたところで、恒常的なメリットはないと思うんです」

もっと裏に大きな利益を生むようなシステムがあるのではないか、というのが廣瀬の見立てだった。

「言われてみればそうですよね。その医師も実家はそれなりの病院なんですが、かといって二千万円も投資する相手ではないと思います。たしかに、なんのメリットがあるのでしょう」

「なんらかの大掛かりなキックバックとか、横流しがあるのかな……」

廣瀬が考え込むと、智子もまた首を傾げた。気持ちを切り替えて廣瀬は笑顔を見せる。

「余計な話をしてしまって申し訳ありません。気にしないでください。私もついつい古巣の悪い癖が出てしまった」

「いえ、正義は大事ですから。弊社の渋谷にも共通したところがあるような気がしています」

「渋谷さんはキャリアだからもっと視線が高いところにあるでしょうし、考えも高所大局にあるはずですからね。私のような地回りとは発想が違いますよ」

「この話、渋谷さんに伝えてもよろしいでしょうか？」

「おや、渋谷さんは知らないことでしたか？」

「私が社内で異動したんです。先ほど申した医師も前の職場での話で、渋谷にはまだ伝えていません」

「そういう話は早めに伝えておいたほうがいいですよ。その医師はあなたに気を許したか、あるいはもう少し親しくなるためのリップサービスだったのかもしれません。あなたに何らかの不利益が及ばないように、渋谷さんに伝えておくべきでしょう」

「わかりました。異動に伴い業務用の携帯番号も変わっているのでもう接触はないと思いますが、万が一を考えて、戻りましたらすぐに渋谷に伝えます」

「ところで、うちの内科と外科部長の感触はどうでした？」

「とても親身に話を聞いてくださいました。廣瀬先生のおかげです」

「『先生』はやめてください。この病院内でも何度も言っているのですが、どうも直らなくて困っているんです」

廣瀬は笑って言った。


翌日の朝一番、堀田《ほった》内科部長と小久保《こくぼ》外科部長が廣瀬のデスクを訪れた。

「昨日は四井十字製薬のMRをご紹介いただきありがとうございました」

「いや、礼を言うのはこちらのほうです。私も元上司からの依頼だったものですから」

「いえ、四井十字製薬の薬品は優れたものが多いことは重々承知していたのですが、うちに入っている問屋との関係もあって、あまり使用していなかったのです」

外科部長が言うと、内科部長も口をそろえた。

「うちの医療用医薬品卸業者は四井グループだけでなく、四和会のメンバーとも仲が悪いようですね」

「まあ、あまり無理をせず、よければ使ってみてください」

廣瀬は頭を下げた。

「少しずつでも注文を入れていきましょう」

外科部長の緊張を感じ取って、廣瀬が言った。

「私の体面は考えないでください。患者のためになるのならそれで結構です。どうか、私が紹介したからという配慮は捨ててください」

外科部長と内科部長はすでに話し合っていたようで、お互いに頷くと外科部長が口を開いた。

「抗がん剤はいいものを作っていますので、まず、そのあたりからMRと話をしてみます」

廣瀬は再び頭を下げた。二人の部長が部屋を出ようとした時、廣瀬は外科部長を呼び止めた。

「小久保部長、ちょっと教えていただきたいことがあるんです」

小久保外科部長は堀田内科部長に軽く会釈をして退出を促すと、廣瀬がいる応接セットに戻ってきた。

「何ごとでしょうか？」

「実は内臓外科の藤田幹夫医師の件なのですが……」

名前を挙げた瞬間、小久保部長の顔が曇ったのを廣瀬は見逃さなかった。

「藤田君が何かいたしましたか？」

「藤田医師の採用に関してお口添えをいただいたのは小久保部長でしたから、お伺いしたいのですが、彼の私生活はともかく、当院内での行動をどう見ていらっしゃるかと思いまして」

「院内となると医療行為だけでなく、その他の行動も、ということですね」

「はい。医療行為に準ずる医薬品の処方等も含めてです」

「ああ、そのことですか……」

小久保外科部長も薬品の処方については知っている様子だった。

「まず、外科医として執刀の腕はどうなのですか？」

「はっきり申し上げて、決して抜群の腕を持っているわけではありません」

内臓外科は、脳神経外科や心臓外科のようにコンピューター装置を使った執刀ではないので、開腹術、腹腔鏡《ふくくうきょう》手術が主になる。最近は腹腔鏡手術で措置できる手術も増えてきていた。藤田医師はこれに比較的早くから取り組んでおり、留学先でも相当の症例を積んできたという。

「開腹術のほうはいかがなのですか？」

「うーん、開腹術は田中《たなか》医師が優れておりますので、彼が担当する場合が多いのですが、必ず立ち会い補助者としてオペ室には入ってもらっています」

「なるほどね……ところで、小久保部長もお気づきだったようですが、医薬品に関してはどうなんですか？」

廣瀬の言葉に小久保部長は渋い顔をした。

「実は私も先週、薬局の担当者からジェネリック医薬品の話を聞いたばかりだったのです。それも全てが淀河製薬のものだと知りました」

「藤田医師は飲食のつけを淀河製薬に回しているとの噂もあります」

「そうですか……淀河製薬は昔からその手口を使って営業しているという噂がありましたが、うちが狙われているということですね」

「うち？　ターゲットはこの病院ですか？」

「医師を一人落として、そこから他の医師を勧誘するのです。一般的に内科と外科、それに淀河製薬のメインの薬である神経科、心療内科を押さえれば、相応の収益になるそうです」

「そういうことをやっているのですか……」

「特に神経科や心療内科の治療は薬品の投与がメインになることから、淀河製薬はこの方面の医薬品を重点的に製造しているという調査報告を、前に勤務していた大学病院で聞いたことがあります」

「その頃からそういう噂があったとは……」

小久保外科部長は国立大学医学部の教授を経て、大学病院の副院長から住吉理事長にヘッドハンティングされて医療法人社団敬徳会に入り、その後川崎殿町病院に勤務するようになったという経歴をもつ。

「ジェネリック医薬品の普及にも貢献している会社ではありますが、一部のMRや営業には過度の接待や贈賄が認められているのは事実です」

「うちのような民間医療機関にはあまり関係がないこととは思いますが、贈賄は犯罪ですからね。それが会社ぐるみで行われているとなれば問題です」

「そうなんです。藤田医師のいた帝都大学は日本の大学でもトップクラスですし、中でも医学部と付属の帝都大病院は医学界のあらゆる分野で影響が大きいところですからね。必然的にターゲットになりやすくもあるわけです。当然、大学側も高度なコンプライアンスを推進しています」

「そこにピンポイント攻撃を行うのも、企業の生き残りを賭けた戦いなのですね……」

廣瀬は腕組みをして大きなため息をついた。それを見て小久保部長が言った。

「その点で敬徳会は医療法人の中では出身大学等に関してバランスよく採用されていますから、派閥争いもなく、職員同士の人間関係がスムーズです」

「それは住吉理事長が熟慮されていらっしゃいますから。それにしても藤田医師を推挙された理由はどこにあったのですか？」

「彼の父上にお世話になったんです。幹夫君は頭脳的には優秀でしたし、外科医としてというよりも、病院経営の勉強をさせたいと考えての採用だったのですが、逆に外科医としての自信をなくさせてしまい、残念に思い始めていたところでした」

「そうでしたか……今のままでは医師としても、経営者としても立ち行かなくなる危険性があります。私の立場としてはこのまま放置しておくことはできません」

「それは理解しております。彼の去就については私から直接伝えたいと思います」

小久保部長はきっぱりと告げた。


藤田医師が住吉理事長に対して辞表を差し出したのは、それから一週間後のことだった。理由は一身上の都合というだけで、詳細は語らなかったようだった。

「田中医師の負担が増えてしまいますね。腹腔鏡手術のスペシャリストを獲得してくるべきでしょうか」

理事長室を訪れた廣瀬に、住吉理事長が切り出した。

「そういう人材はいらっしゃるのですか？」

「私は人材に関しては常にチェックしてリスト化しているんです。ヘッドハンティングを悪いことだとは思っていないし、業界にもそれを公言していますからね」

「結果的に医療界にいい影響を与えればいいわけですね」

「この世界でも、様々な人が様々な努力をしてこられたからね。私は彼らのいいところだけを真似しているんです」

「確かに最初は真似だったかもしれませんが、今は新たな挑戦をされていますよ」

「廣瀬先生がいてくれたからですよ。危機管理という分野がどれほど経営にとって大事なもので、危機管理から得た人脈がいかに強いかということを、教えてもらいましたからね」

「危機管理という学問を実践しただけのことです」

「学問を行動として実践できるだけでも素晴らしいと思います。私は廣瀬先生が、医療法人社団敬徳会で行ったあらゆる危機管理施策を自分の目で見てきました。そして何度もその行動と結果に唸らされたものです。新たに顧客となってくださった多くの企業の方々も、その危機管理能力を信用されていらっしゃるからこそであり、それがこの川崎殿町病院を造るひとつの支えになったのだと思っています」

「過大な評価をいただき、ありがたく思っています。敬徳会はこれからまだまだ拡大していくでしょうし、国内だけでなく海外にまでその名は広まっていくと思います。現在の日本人が持つ常識や経済観念では対処できない部分も出てくるでしょう。医は仁術ではありますが、利益がなければ結果的に患者の要求に応えることはできません。必要以上の利益はいりませんし、新たな医療施設を造るにも、どこかの貸しビル業者のように借金を重ねて税を逃れるようなことはすべきではありません。私も住吉理事長とお会いして、改めてマネジメントの勉強をすることができました」

「廣瀬先生をいつまでもうちに引き留めておいては、他のクライアントの方々に迷惑が掛かることも承知していますが、もう少し力をお貸しくださいね」

「私も専従できずに申し訳なく思っていますが、よそで学ぶことで、この医療法人に役立つこともあります。生涯勉強のような気がしている今日この頃です」

廣瀬の本業は、警視庁退職後に自ら立ち上げた危機管理コンサルティング会社の代表取締役社長である。この会社はすでに百社を超える顧問先を持ち、廣瀬自身も幾つかの企業の部外役員や監査役、顧問の肩書を持っていた。

住吉理事長が笑って答えた。

「私は今後も診療をしない医師のまま終わるかと思いますが、周囲が何を言おうと、世界に誇る医療の現場を作っていきたいという志は変わりません。今度、是非海外視察にも同行してください。どれだけ目から鱗が落ちるような経験ができるか、お互い、これからが勝負だと思いますよ」

廣瀬は静かに頭を下げた。

自室に戻った廣瀬に医局から電話が入った。

「廣瀬先生、困ったことが起こりました」

電話の相手は心療内科の山岡《やまおか》医師だ。

「どうされました？」

「実は、私が診察して薬を処方した患者が自殺したというのです」

「処方と自殺の因果関係はあるのですか？」

「薬の作用や副作用は全くありません。しかも投与したのは漢方薬で、不安、抑うつ傾向、不眠等の症状を訴えていたので柴胡《さいこ》加竜骨牡蠣湯《かりゅうこつぼれいとう》を選択しました。しかし、私が診察をした翌日に亡くなったようで、遺族から診断ミスではないかという訴えの電話が入ったのです」

「診断ミス……それを裏付けるような資料が先方にはあるのですか？」

「いえ、ただ推測で言っているだけなのですが、これから面会に来るそうです」

山岡医師の狼狽《ろうばい》が受話器を通して廣瀬にも伝わってきた。

「亡くなったのはいつですか？」

「四日前だそうで、今日、葬儀を終わらせたと」

「自殺となれば監察医が検視を行っているはずですから、その結果を踏まえて弁護士なりを通して面談を申し入れるのが筋です。勝手に面談をしてはいけませんよ」

「それが、これから行くとだけ言って、電話を切られてしまいました」

「その患者のカルテをすぐにこちらに送ってください。それから面談は医局長と私が行いますので、山岡先生は絶対に面談に加わらないようにしてください」

「それで納得するような勢いではありませんでしたが……」

「患者の年齢と性別は？」

「二十三歳、女性です」

「親から見れば愛おしくて仕方がない娘だったのでしょう。診察時の画像も併せてこちらに送ってください。それから、医局長にも報告して、すぐに一緒に第二会議室に来てください」

廣瀬は当該患者のカルテを受け取ると、総合受付の担当者に来訪者について連絡を入れた。医事課の女性職員に二階の第二応接室に案内させるように伝えて、第二会議室に向かう。

第二会議室にはコンピューターシステムが用意されており、カルテだけでなく、患者の様子がわかる防犯カメラの画像解析もできる設備が整っていた。

第二会議室の前で医局長の前田《まえだ》医師と山岡医師が待っていた。

「こんなところに二人揃って立っていたら、知らなくていい職員まで何かあったのではないかという気持ちになってしまいます。さあ、入って」

廣瀬は苦笑いをして二人を会議室の中へと促した。

「ご迷惑をお掛けして申し訳ありません」

「病院である以上、患者やその家族とのトラブルはあって当然です。しかも、今回のような場合には親の立場になれば、いても立ってもいられない状況なのでしょう。それよりも当時の画像を見てみましょう」

うなだれる山岡医師を励ますと、廣瀬はカルテ番号から当日の患者の様子を全てチェックする準備をした。

「彼女ですか？」

「そうです。自殺するような雰囲気はなかったのですが……」

山岡医師が説明する。確かに患者の女性は一見して心を病みそうな雰囲気はまったくなく、どちらかといえば活発な「ヤンキー」ふうだった。

「紹介者は？」

「横浜中央医療センターです」

「また、そこですか……」

廣瀬は何かが背後で動いているという直感が、ますます強まっていくのを感じていた。

「血液検査は行っていますね？」

「はい。院内検査だけで、外には出しておりません」

「すぐに残余の検体を詳細検査に出しましょう。それで横浜中央医療センターの院長からの紹介状なのですね」

「そうです。横浜中央医療センターでは自律神経失調症という診断でした」

「またいい加減な病名を付けてきたものですね」

「今どき珍しい診断結果だと思ったのですが、鬱《うつ》の症状は短期では見ることができません。私は一週間様子を見るため、軽度の精神安定作用がある漢方薬を処方したのです」

「なるほど。この薬で自殺を企図するような因果関係はないでしょうね」

「全くないといっていいと思います」

抗うつ薬には、投与直後に自殺の恐れのある賦活《ふかつ》症候群がみられる場合があるが、この漢方薬にそのような症例はなかった。

世界保健機関は、抗うつ薬の中でも、ベンゾジアゼピン系と呼ばれる部類の薬品には、処方するとしても数日から数週間分と定めている。

「漢方薬を選んだ理由は何だったのですか？」

「一般的に紹介状には、処方した薬品名を記載するのが礼儀なのですが、横浜中央医療センターはその記載がなく、処方した薬品名がわからなかったため、一度様子をみようと思ったからです。しかも、患者の申告が今一つはっきりしなかったので、漢方薬を処方したのです」

「その他の薬物依存は認められなかったのですか？」

「実はうちの病院は三軒目で、横浜中央医療センターがセカンドオピニオンだったようです」

「横浜中央医療センターがセカンドオピニオン？　あの病院の診療科目は調べ上げて

いますが、精神科の専門医師はいなかったのでは？」

「それが、院長の小森《こもり》医師がかつて心療内科の医師をやっていたそうです」

「小森医師？　消化器外科の医師じゃなかったっけ？」

「消化器外科担当というのは名目で、実際には他の医師がやっているようなんです」

「恰好付けということか……しかし、帝都大病院出身でしょう？」

「帝都大は大学院で麻酔科を学んだだけで、それも親のコネクションで入ったというのがもっぱらの噂ですよ」

　そこまで聞いて、三人は当時の診察の状況をモニターで検証した。

「確かに、ちょっと薬でふらついているような印象ですね」

　前田医局長がいうとおり、患者は診察を受けにきた段階で不安や抑うつ傾向というよりも、全身に倦怠《けんたい》感を漂わせているように見えた。

「血圧はやや高めでしたが、基本的な血液検査の結果に異状は認められなかったため、柴胡加龍骨牡蠣湯を処方したのです」

　山岡医師の言葉に前田医局長が頷いた。

「それは正しい判断だと思います。問題はないでしょう。処方箋も間違っていないようですから、後は薬局ですね。うちは院内では処方しておりませんので、どこの調剤薬局を使ったのか、最終的にはレセプトを確認してみなければわからないと思います」

前田医局長の言葉に、廣瀬も首肯した。

「では医局長と私の二人で対応しましょう。以後の挙証責任は先方にありますからね」

前田医局長が山岡医師の肩をポンと叩くと、その顔にようやく赤みが戻った。

それから三時間後、亡くなった女性の父親と、その親族と名乗る者が川崎殿町病院の総合受付に現れた。

手筈どおり、医事課の女性職員が第二応接室に案内する。

廣瀬は総合受付からの連絡を受け、すぐにモニターを確認すると、二人連れの男が女性職員から案内されるところだった。二人を見た廣瀬が呟く。

「普通の奴らじゃないな……」

第二応接室は防音壁が取り付けられているため、中の音声が外に漏れることはない。さらに録音、録画機器が準備され、マジックミラー越しに内部を見られるようになっている。これは特殊な来訪者や院内事故等に対する危機管理的対応であり、廣瀬が病院の設計時から準備していた部屋だった。

廣瀬はすぐに席を立ち、第二応接室に向かった。

ちょうど女性職員が第二応接室のドアノブに手をかけていた。

「吉田《よしだ》さん、あとは僕が引き受けますから、お茶を用意してください。医局長も同席しますから」

女性職員が呆気にとられて廣瀬を見上げたが、廣瀬は笑顔を見せて軽く会釈をした。「吉田さん」という名前は廣瀬が緊急時に職員を呼ぶコードネームのようなもので、彼女の本名ではないからだ。

ドアノブに手をかけて第二応接室の扉を開けると、廣瀬は二人の男に声をかけた。

「どうぞ、奥の席へお掛けください」

二人の男は怪訝《けげん》な顔つきで、応接室に入った。

二人の男がソファーに腰かける。

「間もなく医局長が参ります。私と二人でお話を伺わせていただきます」

そう言って廣瀬は二人の男にそれぞれ名刺を差し出しながら身分を告げた。

「『医療法人社団敬徳会川崎殿町病院　総務部危機管理担当顧問』か……あんたは医者じゃないのか？」

ソファーの奥に座った男に訊ねられた廣瀬は、丁重に返答した。

「はい。当院の経営にかかわる立場でございます。医療内容については当院の医師の総責任者である医局長が対応いたします」

「院長は出てこないのか？」

「院長はただいま手術中でございます」

「院長が出てこなきゃ話にならんな。手術は何時間かかるんだ？」

「脳外科ですので、あと七時間か八時間……というところでしょうか」

「何？　どうしてそんなに時間がかかるんだ？」

「脳外科の手術時間で十時間は普通ですよ」

廣瀬が平然と言うと男が唸った。

「そんな話は聞いたことがないな。俺たちを舐めているんじゃないのか？」

その一言に廣瀬の口角が上がる。

「失礼ながら、どちらがご遺族の方なのですか？　それからご遺族であることがわかる証明書をお持ちですか？」

「何？　お前、今、何と言った？」

「ご遺族が当院の措置について質問等があるならば、弁護士を同席させるのが通常なのです。ご遺族でもない方に個人情報にかかわる事実関係等をお知らせすることは病院としてはできかねますので、お伺いしたまでです。戸籍抄本か運転免許証等の写真が付いた証明書のご提示をお願いします。何か疑問点がおありでしょうか？」

「遺族がわざわざ足を運んでいるのに、その口のきき方はなんだ。貴様、遺族を舐めているのか？」

「もう一度お伺いしますが、ご遺族がどちらかと、お亡くなりになった方との関係を教えていただけますか？」

廣瀬は全く表情を変えなかった。奥に座った男が、隣を見る。どうやら、手前の男が「父親」のようだ。

「おい、お前、運転免許証を持ってきているか？」

「いや、健康保険証ならあるが」

「おい、聞いたか、健康保険証は立派な証明書だろう？」

廣瀬は相変わらずのポーカーフェイスで答えた。

「写真付きの健康保険証はないかと思います。残念ながら証明書にはなりません」

「ふざけるな。銀行でも健康保険証は証明書として扱っているんだ」

「銀行では、健康保険証のみでは認めていないと思います。その他の金融はそうではないかもしれませんが、証明書というものは、ご本人と一致することが確認できて初めて証明になるわけです」

事実、写真つきのマイナンバーカードや運転免許証、パスポート以外は認められないことが多い。

「すると、この病院では健康保険証で診察はしないのか？」

「初診の患者の方は、必ず他病院からの紹介状が必要となっておりますので、健康保険証だけでは診察を受け付けておりません」

「そしたら、どうしてここに来る前にその説明をしなかったんだ」

「面会のお約束も受けておりません。一方的におたく様が『これから行く』とだけおっしゃったわけですし、こちらが説明する暇もなかったのが実情かと思いますが、いかがでしょうか？」

「お前じゃ話にならんな。院長の手術が終わるまでここで待たせてもらおうか」

「残念ながら、ここで院長の手術が終わるまでお待ちになることはできません。ここは一時間後に別の来客がありますので、一旦お引き取り願うしかないかと思います。その際に証明書とお亡くなりになった方との関係を示す書類をお持ちいただき、できれば弁護士とご一緒のほうが、話が早いかと思います」

廣瀬は黙っている「父親」に向かって語りかけた。

「おい、お前、俺たちをこの病院から追い返すつもりか？」

「追い返す？　とんでもない。七時間も八時間もお待ちになるようでしたら、書類等を揃えて弁護士とお越しになったほうがお互いに話がスムーズに運ぶのではないかと申し上げただけです」

「貴様、あまり舐めた口ききやがると、タダじゃ済まねえぜ」

男が声のトーンを下げて、威圧的に言った。

「タダで済まないというのは、どういうことでしょうか？　この時間を時給で払えとでもおっしゃっているのでしょうか」

廣瀬はまったく怯《ひる》まない。

「俺にそこまで言うとはいい度胸だ」

「それはそうと、あなたとこちらのご遺族とおっしゃっている方とは、どういうご関係なのですか？」

「身内だ」

「ご親族ということですか？」

「そのようなものだ。それがどうしたんだ」

「本件は人の生死にかかわる問題です。親御さんやご親族以外の方に対して、お亡くなりになった方の尊厳にかかわる個人情報をお伝えすることは控えたいと思うからです」

「こいつが俺に一緒に来てくれと頼んだんだ。だから忙しいのにわざわざ時間を作ったんだろうが」

「当院の医師に電話をされたのはあなたですよね。どうしてご遺族のお父様ではなく、一緒に来ることを依頼されたあなたが電話までしなければならないのですか？」

「それは、こいつが口下手で困っているから、俺が代わって電話してやったんだ。それがいかんのか」

「そういうことですか。ある意味、ご遺族とおっしゃる方の代理人的立場と解してよろしいのですね」

「そうだ。その代理人だ」

男はやや納得したような言い方になって、身を乗り出すのをやめて、ようやくソファーの背にもたれかかった。

そこへ医局長が応接室の扉をノックした。医局長は隣室で廣瀬からの入室ＯＫのサインを待っていたのだった。このサインは応接室のテーブル下部に設置された押しボタンを押すと、応接室入口扉の上部にある緑色の小さなランプが点灯する仕組みで、あらかじめ病院幹部には周知徹底されていた。

「医局長が参りましたのでご挨拶いたします」

廣瀬が医局長を隣の席に呼んだ。医局長は二人の男を交互に見つめる。

「わざわざお運びいただきまして恐縮です。お電話の様子ですと、当院に医療ミスの疑いがあるとのことでしたが、その件に関しまして調査を行いました結果、医療ミスはなかったと判断しております。ご不明な点がございましたら、法的な手段をお取りいただいたうえで、事実を明らかにしたいと思います」

「法的な手段だと？」

男が再び身を乗り出した。

「ご不明な点があったら、という前提です」

「医療ミスがなかったというのは、お前たちの勝手な言い分だろう」

「勝手ではなく、内部調査した結果ですので、それ以上のことをここで申し上げるわけには参りません」

「遺族が来ているんだぞ」

「ご遺族とおっしゃいますが、お亡くなりになった患者さんとはどのようなご関係だったのですか？」

男は隣に座る男を指さすと、「この男の娘だ」と説明した。

「お嬢様でしたか……。衷心《ちゅうしん》よりお悔やみ申し上げます」

「お悔やみはいい。医療ミスがなかった証拠を示せよ」

「お亡くなりになった患者さんとの関係を明らかにする証明書はお持ちですか？」

「またそれか……今はない」

「そういうことでしたら、証明書をお持ちのうえ、弁護士を通してご連絡ください。法律家同士で話を進めたほうが無用なトラブルを防止できますので」

「無用なトラブルとはどういうことだ」

「お互いの意見の相違を直接ぶつけあいますと、余計な感情のもつれ等につながります。信頼できる弁護士が間に入れば、問題の解決も早く、且つ円満に進むと思います」

「すると、今日、俺たちが来た意味がないじゃないか」

「そんなことはございません。医療ミスがなかった旨はお伝えしましたし、今後の対応策をお示しできましたので、意味のある話し合いになったかと思います。ただ、そちら様にお亡くなりになった患者さんとの関係を明らかにする証明書がございませんので、詳細をお知らせできないだけのことです」

「お前は医局長と言ったな。医局長とはどういう立場なんだ」

「当院では二十を超える診療科目がございまして、その科目ごとに医師と医長がおります。その全ての医師が集まるところが医局と申しまして、その代表が医局長です。一言で申し上げますと、当院の医師の総責任者でございます」

「医者の代表か……院長はどういう立場なんだ」

「院長は医師だけでなく、看護師、薬剤師など、全ての分野の代表ですので、医療ミス等の治療に関する責任者は私になります」

「責任者か……補償の責任者にはならないじゃないか」

「補償というのは、裁判所の命令があった際に行うものですから、全く次元が違う話になります。その際の責任者は、場合によっては院長ではなく医療法人の理事長が責を負うことになるかと」

「理事長？　そいつは医者じゃないのか」

「医師でございます」

　これは医療法によって定められており、その趣旨は医師又は歯科医師でない者の実質的な支配下にある医療法人において、医学的知識の欠落に起因し問題が惹起《じゃっき》されるような事態を未然に防止しようとするものだ。したがって、医療法人の理事長には、原則として医師か歯科医師でなければ就任できないことになる。ただし、例外として都道府県知事の認可を受ければ医師等以外の者を理事長に就任させることが可能だが、決して簡単に認可が得られるわけではない。

「それなら理事長を出してもらえばいいわけだな」

「当医療法人は国内にいくつかの病院を保有しておりますので、理事長が一つの病院の問題に関して交渉の場に出ることはありません」

「すると、お前たち二人以外は俺たちに対応しないのか」

「そのとおりです。当院で院外の方との全ての交渉をする権限があるのは私ども二人だけです」

男は廣瀬のほうに向き直った。

「廣瀬さんと言ったな、あんたは総務部危機管理担当顧問という肩書だが、職員でないのか？」

「医療法人社団敬徳会の理事を兼ねておりますので、職員に変わりはありません。危機管理部門というわかりやすい肩書を記しただけです」

「俺にとってはちっともわかりやすくはないがな」

「当院の部外とのすべての交渉に関して代表権を持っていると考えていただければ結構です」

「とにかく、今日は手ぶらで帰れということだな」

「そのようにご理解されて結構です」

「忙しい中、わざわざ時間を割いて、交通費を払って来ているんだぞ。最低限度の誠意を見せるのが普通だろう」

「最低限度の誠意とはどのようなことでしょうか？」

「舐めた野郎だ。出すものを出せば今日のところは引き下がってやると言っているんだよ」

「出すもの……意味がわかりません」

廣瀬は人を食った態度をとり続けた。

「俺が表に出る時には、最低でも一時間五十万はするってことだ」

「時給五十万円ということですか？」

「わかっているじゃないか」

「それをご遺族の方に請求していらっしゃるのですか？」

「何、この野郎。おめえのところの病院が医療ミスをして、こいつの娘を殺したんだ。おめえたちが金を払うのが当たり前だろう」

「先ほども医局長が申しましたように、当院で医療ミスはございませんでした。支払いの義務も意思もございません。金銭が必要でしたら、お二人で解決していただかなければならないことです」

「俺は大事な時間を三時間以上潰しているんだ」

「私どもがお呼びだてしたわけではありません。私どもも忙しい中、時間を割いているのです」

「何？」

廣瀬は淡々と続けた。

「私どもに不手際があったのならともかく、常識的に考えて必要な書類をお持ちにならなかったおたく様に原因があったことと考えます。ご不満でしたら、弁護士を通して金銭債務にかんする請求を行っていただけましたら、こちらも相応の対応をいたします」

「また弁護士か……ふざけるな」

「何もふざけておりません。これ以上の協議は埒《らち》が明かないと思います。今日のところはお引き取りください」

「帰れだ？　俺を誰だと思っているんだ」

「お二人とも、いまだにご自分がどこの誰だとも名乗っていらっしゃいませんから、どこの誰だか全くわかりません。全てはそこからです。お亡くなりになった患者さんのご遺族であっても、身分を明らかにできない方とこれ以上お話しをする必要はないということです」

「貴様、いいか、関東熊沢《くまざわ》一家吉野《よしの》組を舐めやがって」

「なんですかそれは。ご遺族と何か関係があるのですか？」

「舐めた野郎だ。危機管理の担当をやっていて、それも知らねえのか」

「知りません」

「こんな病院、俺の声一つですぐに営業ができなくなるぜ」

「それはどういう意味ですか？」

廣瀬は薄笑いを浮かべて訊ねた。

「この野郎、舐めやがって、吠え面かくなよ」

「意味がわかりません」

「面白《おもしれ》ぇ。久しぶりに面白ぇ。詫びを入れるなら今のうちだぜ」

「意味がわかりません」

「日本のヤクザを馬鹿にしやがると、どういう目に遭うか、よく覚えておけよ」

「ヤクザ？　あなたはヤクザなのですか？　関東熊沢一家吉野組というのはヤクザの団体のことなのですか」

「おお。そうよ。しかし、もう遅いな。俺も我慢の限界を超えた。覚えておけよ」

そこまで聞いて廣瀬が不敵に笑って言った。

「そうですか。私も久しぶりに面白い話を聞きました。関東熊沢一家吉野組がヤクザだというのなら、あなたは明らかに暴対法違反行為の現行犯になりますが、それでよろしいのですか？」

「暴対法？　素人が偉そうに言ってるんじゃねえ。現行犯ならどうだと言うんだ」

「現行犯人は私人でも逮捕できるということです。ただし、あなたが本当のヤクザ、つまり暴力団員であることが要件ですから、それを確認する手立てが、今の私どもにはないということです」

「それなら何もできないのと一緒じゃねえか」

「そうとも言えませんよ。もしあなたが関東熊沢一家吉野組という組織の本物の暴力団員であったならば、指定暴力団の威力を示して民事介入暴力などの暴力的要求行為を行うことを禁じる条項にも違反します。さらに、ご遺族の立場にある暴力団員以外の一般人に対しても、指定暴力団員に暴力的要求行為をすることを要求、依頼、又は唆《そそのか》すことを禁じていますので、お二人揃って暴対法たる暴力団員による不当な行為の防止等に関する法律に違反します」

「そんな証拠はどこにもないじゃねえか」

「ここでの会話は全て録音しておりますので、これを神奈川県警の組織犯罪対策本部に届け出るだけで、警察はすぐに動いてくれるはずです」

「何、この野郎」

男はすっかり廣瀬の誘導に乗ってしまったと感じたのか、焦っていた。

「さて、いかがいたしますか？　正当な申し入れならば、当院といたしましても顧問の弁護士を準備しますし、いわれのない申し入れとなれば、暴対法違反として警察に届け出るしかありません。『こんな病院、俺の声一つですぐに営業ができなくなる』とまで言われて泣き寝入りするようでは危機管理担当顧問として存在する意味がありません。一度お帰りになって準備されたほうがいいかと思いますよ」

廣瀬の言い方は決して高圧的ではなかったが、有無を言わせぬ重さがあった。

「くそ、また出直してきてやる」

「今の言葉も、よく覚えておきます」

その時、第二応接室の扉をノックする音がした。女性職員がお茶の準備をしてきたのだが、廣瀬がすかさず声をかけた。

「ああ、吉田さん、申し訳なかったね。用件は終わってもうお帰りになるところだ。そのままお下げしてください」

女性職員は深々とお辞儀をすると「それでは失礼いたします」と言って応接室に足も踏み入れずにその場を離れた。

「さあ、お帰りいただこうか」

廣瀬が低い声を出すと、訪ねてきた二人の男はいそいそと部屋を出ていった。

「私が玄関まで見送りますよ」

廣瀬が医局長に言うと、医局長はクスリと笑みをこぼした。

「さすがに廣瀬先生。器が違いますね」

二人を正面玄関まで見送った廣瀬は、最後にはっきりと告げた。

「どちらにしてもご連絡をいただかなければ、私どもも困りますので、二日以内に連絡がない場合には、こちらから連絡を差し上げます」

「連絡先は知ってるのか？」

「それくらいすぐにわかりますよ。お二人がどこにいてもね」

二人が唖然としたのを見て、廣瀬は一般客を見送るように頭を下げた。

デスクに戻った廣瀬は神奈川県警の刑事部組織犯罪対策本部に電話を入れた。

「お久しぶりです。川崎殿町病院の廣瀬です」

「廣瀬さん。いつもＶＩＰ対策でお世話になっております」

電話の相手は刑事部組織犯罪対策本部の大渕《おおぶち》理事官で、警察大学校の通称特捜研こと特別捜査幹部研修所の同期生だった。廣瀬は警部、大渕理事官は警視の階級で約半年間の研修に参加していた。

「こちらこそご配慮をいただいて感謝しております。実は先ほど当院の患者で通院後に自殺した女性の親族を名乗る者が来まして、話を聞いたうえで追い返したのですが、反社会的勢力を標榜したものですからご連絡を差し上げました」

「ほう、どこのモンですか？」

「自称、関東熊沢一家吉野組と申しておりました」

「関東熊沢一家吉野組ならば指定暴力団ですので、そいつが構成員であったならば、暴対法が適用できます。患者の自殺と病院の治療に因果関係は認められるのですか？」

「うちは心療内科の医師が漢方薬を処方しただけですので、全く因果関係はないと考えておりますが、当院に来る前に横浜中央医療センターがセカンドオピニオンとして診察をしているのです」

「あそこに心療内科はありましたっけ？」

「情報では院長が元心療内科の医師だったそうです」

「あの病院も胡散臭《うさんくさ》いので有名なんですよ」

「胡散臭いというよりも、実質的経営者は麦島組の若頭らしいですよ」

「えっ、本当ですか？」

「警視庁組対部が麦島組の二次団体の幹部殺人事件を調べている最中です。じきに確定するでしょう」

「麦島組ですか……関東熊沢一家吉野組は格は落ちますが舎弟分ですね」

「そういうつながりがあるんですね」

廣瀬はこれまでの経緯を大渕理事官に伝えた。

「そのときの音声データを送ってもらえますか？」

「それでは警察専用ラインで送りますのでご確認ください」

「ちなみに、自殺した元患者の個人情報も教えてもらえますか？」

「もちろんです。診察当時の動画も併せて送ります」

データ送信を行って三十分後、廣瀬の卓上電話に大渕理事官から電話が入った。

「実に内容の濃い貴重なデータをありがとうございました。まず、何から話そうかな……」

「そんなに話題が多いのですか？」

「証拠の宝庫のようなデータでしたよ。まず、亡くなった末広明子《すえひろあきこ》、二十三歳ですが、三度の非行記録と二度の逮捕歴がありました。高校生の頃からシンナー、トルエンの常習で、成人してからも違法薬物で捕まっていました」

「どうりで前歯がボロボロだと思いました」

「本人は確かに四日前に中華街の外れのビルから飛び降り自殺を図って死んでいます。加賀町署で扱い、監察医の検視もありましたが、複数の薬物反応が出ていたようです」

「薬物反応の中に漢方薬の柴胡加龍骨牡蠣湯に関する反応はありませんでしたか？」

「それは認められていませんね。病理検査の結果、ベンゾジアゼピン系薬物の慢性的な使用が認められたようです」

「ベンゾジアゼピン系ですか……どこが処方していたのか、ですね。慢性的な使用となれば、彼女のレセプトを調べれば出てくるかもしれません」

「面倒な薬のようですね。まず、それが第一。第二は、川崎殿町病院を訪れた二人ですが、一人は関東熊沢一家吉野組幹部の田所真也《たどころしんや》、もう一人の遺族を装ったのが、死亡した末広明子が住んでいたアパートの管理人で、こいつも薬物と覚醒剤の前科があります」

大渕理事官はさらに、このアパートは関東熊沢一家吉野組のフロント企業の持ち物で、建物内で管理売春が行われていたという情報を伝えた。

「そのアパートはどこにあるのですか？」

「曙町《あけぼのちょう》の外れですね。かつて黄金町《こがねちょう》でちょんの間をやっていた連中が逃げてきたとも言われています」

「ちょんの間ですか……」

戦後の混乱期、各地の歓楽街にできたちょんの間は、居酒屋や旅館を装って届け出ながら、実質的には風俗店として営業していた。

最盛期、横浜の黄金町界隈のちょんの間の数は二百五十軒を超えていたという。店には数人の女性が常に待機していて、交代しながら二十四時間営業していたそうだ。

「まだ名残はあるのですね……需要と供給の問題ですからね」

「私も警察大学校の研修旅行で見学したことがあります」

「中にも入られたんですか？」

「研修でしたからね。見ざるを得ないでしょう」

「それ以上は聞くのを止めましょう。すると自殺した末広明子と病院に来た二人は親族でも何でもなかったということですね」

「そうです。案外、管理売春の当事者だったかもしれませんが、立証できませんからね」

「末広明子の親族はどうなっているのですか？」

「彼女は両親ともに不明で、近隣にあった施設で育ったんですよ。責任能力のない大人による被害者であったのかもしれませんが、その施設で育った優秀な学者もいますから、出自は関係ないと思います」

「私も施設出身者で大成した人を何人も知っています。要は人なんだと思います」

「人ですね……。廣瀬さんから送られたデータを確認後、二人をすぐに手配しましたよ。まさか、こんなに早く足がつくとは当人たちも思っていないでしょう。横浜中央医療センターも捜査線に入れて、徹底的に捜査してみましょう」

やるせない現実を前に、大渕理事官は努めて明るい声を出しているようだった。

第三章　キレる老人

「おい、お前！　不機嫌そうな顔で対応しやがって、お前の態度はどうなっているんだ！　どうしてすぐに謝らないんだ！」

廣瀬が院内を巡視していると、会計窓口で患者と思われる老人が事務員に怒鳴っていた。

しばし様子を見ることにして、廣瀬は待合スペースの椅子に腰かける。

「会計は順番に受け付けておりますので、もう少しお待ちください」

女性事務員が困り切った顔つきで対応している。

「わしより後に診療を受けた奴は、もう会計を終わらせて帰ったじゃないか」

「当院では自動会計機がございますので、そちらを利用された方は早く終わったのだと思います」

「機械で会計なんて、俺たち年寄りにはできんだろう」

「ですから、窓口を設けて対応させていただいているのです。患者さんの受付番号はもう少し後になりますから、そちらの椅子に掛けてお待ちください」

「患者さん？　ふざけるな。『患者様』だろうが。そんな言葉遣いもこの病院は教えていないのか」

そこへ医事課の副長が顔を出した。

「患者さん。病院内には体調がすぐれない方も多いのです。大声を出すのはご遠慮ください」

副長は毅然とした態度だったが、それがまた火に油を注ぐ形となった。

「なに、この若造が。患者様と言え」

「当院では患者さんに『様』をつける指導は行っておりません」

「そんな教育をしておるから、こんな態度をとる職員がでてくるんだ。どんな立派な病院かと思ったら、ろくなもんじゃないな。もういい。金は払わんぞ」

「追ってご請求させていただきます」

「なんだと。お前らじゃ話にならん。院長を呼べ」

「院長はただいま手術中でございます。私どもの対応にご不満でしたら後日、文書でお申し入れください」

「院長がダメなら、事務長を出せ」

「事務長は別件対応中でございます」

「貴様らはわしをバカにしているのか！」

患者の老人が一際大きな声を出したところで、廣瀬が腰を上げると、会計の後ろに並んでいた青年が口を開いた。

「じいさん。あんたいい加減にしろよ。ここにいる誰が見たってあんたのほうが悪いんだからな。病院の業務を妨害しているだけじゃなくて、気分が悪い他の患者にも迷惑を掛けているのがわからないのか？」

老人患者は声がした後方を振り向いた。青年の顔を見て、その形相が一瞬で怒りに変わる。手にしていた杖を振り上げた。

すかさず、廣瀬が割り込む。

「一度振り上げた拳は降ろす場所に困りますよ」

老人の患者は廣瀬の目を見て動きが止まった。廣瀬はその隙に老人の振り上げた肘を軽くつかんで、静かに下に降ろさせた。

「ちょっと場所を変えましょう」

「なんだ、お前は？」

「あなたの名誉のためにも、この場は早めに離脱したほうがいいですよ。一回、ゆっくり深呼吸をして、五つ数えてください」

　老人患者はわけがわからないようだったが、廣瀬の言うとおりに大きく深呼吸してから数字を数え始めた。五まで数え終わったその顔には赤みがさしていた。

　一方、青年はまだ怒りが静まらないようだった。廣瀬が青年の肩に軽く手をかけて、小声で「勇気に感謝します」と言うと、はにかむような顔を見せた。

「ご主人、こちらへどうぞ」

　廣瀬は会計担当の女性事務員に軽く合図をして、老人患者を一階受付脇の小応接室に案内した。

「少しは落ち着かれましたか？」

「ああ……またキレてしまったかな」

「そのようですね。ただ、場所が悪かったですね。小さな子どもが泣き出したのにお気づきにならなかったようですから」

「ここは病院だったな」

「そうです。誰も来たくて来る場所ではありません。警察署も一緒ですけどね」

「あんたは警察官か？」

「いえ、この病院の職員です」

「そうか……あんたは怒らないのか？」

「何にですか？」

「わしに、だ」

「怒ると叱るは違います。そして私は年長者を叱る立場ではありません」

「わしのような者でもか？」

「この病院に来られる患者さんに、そんなに悪い人はいないはずです。どこかの医療機関からの紹介がなければ診療を受けられませんから」

この時、廣瀬の院内用ＰＨＳのバイブレーターが作動した。会計担当からのショートメールだ。廣瀬がさりげなく画面に目をやると、そこには老人の保険証の情報が表示されていた。「山本《やまもと》」という名前らしい。

「そうだったな。この病院を紹介してくれた、うちのホームドクターにも迷惑がかかるところだった」

「ところで、今日はどうされたのですか？」

山本が大きなため息をついて答えた。

「最近は何でも自動化、自動化だからな。わしら年寄りにとっては、のけ者にされているような気持ちになるんだ」

「なるほど。しかし山本さんがお勤めの時には既にコンピューター化は進んでいたのではないですか？　確かにインターネットやスマートフォンのように、若い人には簡単に使いこなせるものが、高齢者にはわかりづらいというのはあると思いますが」

「説明を聞いても簡単には理解できないことが増えてきてな。さらに納得できる答えがなかなか得られずにイライラする場面が多いんだ。ところで、君は私の昔の仕事を知っているのか？」

「お名前に記憶があったので、全国都道府県議会議長会の名簿で確認いたしました」

「そうか……地方議会、その中でも県政というのは中途半端な存在でな。国政や政令指定都市の市政はIT化への対応が早いんだが、県議会というのはどういうわけか年寄りが多くてな。市議は一足飛びに国政に行ってしまう」

「政令指定都市を抱える道府県はその傾向が強いようですね」

「国会議員が国の仕事をせずに地元への利益誘導ばかり公約にしてしまう。そして県民も県議を相手にせず、身近な市議や区議に頼るようになるんだ」

「お気持ちはよくわかります。予算の時期になると日本中の市議会、町議会議員が国会の議員会館に陳情にやってきますよ。そして夜は大宴会。地方自治を声高におっしやる割には、国会議員を通じて霞が関に直訴するのが地方議会の姿ですね」

「そこだよ。あんたはよくそんなことまで知っているな」

「短い間ですが国政にかかわったことがありまして、東京のような特殊な地域は別として、地方は決して地方分権を望んでいるわけではないと思っております」

「地方にはそんな力もなければ人材もないのが実情だ。予算も国からの補助がなければ立ち行かない地方自治体がほとんどだからな」

「それでも地方は形だけでも分権を望むふりをしなければならないのを、霞が関の役人は十分に理解していますから、逆に高圧的になってしまうのでしょう」

「中途半端な霞が関の役人を、力がない政党はすぐに議員にしたがるからな。最低でも課長クラスを経験していれば世の中の仕組みも知るんだろうが、キャリア官僚という名前だけでチヤホヤされた若造が、偉そうに国会議員になってしまうから、世の中がおかしくなってしまうんだ」

「山本さんは引退が早すぎたんじゃないですか？」

これだけの見識を持つ地方議員は少ないように思えた。

「七十歳引退を決めたのは我々だったからな。それも五十歳の頃だった。十期四十年、十分に仕事をしたさ」

「引退から十余年、県連にもご意見番が必要だったんじゃないですか？」

「老兵は死なず、ただ去り行くのみさ。議員は辞めればただの人。ただの老人だ」

「後援会は後任に引き継がれたのでしょう？」

「後任は二期目で国政に出て負け、後援会も空中分解。何も残っちゃおらんよ」

「そうでしたか……」

廣瀬は県議会議長も経験し叙勲も受けた、元重鎮の県会議員の悲哀を感じ取っていた。

「ところで、山本さん。今日のようにキレてしまうことは時々あるのですか？」

「あるな……。『モンスターシニア』とか言われているそうだな」

二〇一七年版犯罪白書によれば、一般刑法犯の検挙人員に占める六十五歳以上の高齢者の割合は二四・一パーセントに達している。高齢者の検挙人員の増加は、二十年前の約五倍と、高齢者の人口増加率以上に急増している。そのうち、暴行傷害事件は一二パーセントに及ぶ。

「モンスターペイシェントと同じ和製英語ですね。山本さんのように地位が高かった方はマスコミも注目してしまいます」

「考えたこともなかったな」

山本元県議は大きなため息をついた。

「今回のように病院職員を罵倒したり、責め続けたりする高齢の方を見かけることが以前よりも多くなっています。まして著名人が当事者となればマスコミにとって格好のネタですよ」

「わしも怒りを爆発させることが、周りを傷つけ、自分にとっても利益にならないことは、今のように感情が安定しているときには理解できるんだ。今回はあんたに心から感謝している」

山本元県議は深々と頭を下げて話を続けた。

「ただ、これまで、そんな機会がなかったのが事実なんだ。老兵は死なず、ただ去り行くのみ……というマッカーサー元帥の言葉も心の底から言ったわけではない。去った後に行く場所なんて老人にはどこにもないんだ」

廣瀬が眉根を寄せる。

「失礼ですが、ご家族は？」

「連れ合いは二年前に他界した。その頃からかな、キレるという行動に出てしまうようになったのは……」

「お子様は？」

「長男はアメリカで家族と生活している。長女もフランス人と結婚してパリに住んでいる」

「お近くにいらっしゃらないのですね。それでも、お子様にとって、山本さんはご立派なお父様という認識なのではないですか？」

「子どもたちは県会議員の立場をよく知っていたし、リタイアした議員の生きざまもよくわかっている。ただ、わしは子どもたちが考えているような老い方はしたくないと思っておったんだが、そうもいかなくなっているようだな」

「リタイアした議員の生きざまとおっしゃいましたが、山本さんのような重鎮と、一般的な議員とは違うのではないですか？」

「議員なんて、どれも同じさ。わしも議員職が本業だったわけじゃない。本業の不動産業を続けながら議員をやってきたんだ。議員は奉仕に近かったな」

「立派なことだと思います。日本の議員、特に国会議員は本業が議員という方が多すぎます。だから在任中に金を貯めこもうとする輩《やから》が出るのです」

「勘違いしているのは議員だけでなく、どちらかといえば国民のほうだからな。それを教えてやる者がいないのも悲しいところだ。政権交代を何度か繰り返したが、しばらくの間は与党の失策待ちしか野党には残されておらんからな」

政治を離れてもなお、山本元県議が意見を持ち続けていることに、廣瀬は感心していた。

「ご意見を何らかの方法で発信してみてはいかがですか？」

「そんなことをやっても、誰も気づきやしないさ」

「二〇一六年のアメリカ大統領選挙を思い出してください。大手マスコミは懸命にクリントン支持に回ったにもかかわらず、トランプは世紀の番狂わせを見せつけたじゃないですか。トランプを支えたのはインターネットの世界です。ここで新たな世界観を世に見せつけたらいかがですか？」

「ふむ……どうすればいいのかな？」

「今、地域でもボランティア活動として、お年寄り向けのパソコン教室が盛んに行われていますよ。そういうところに飛び込んでみてはいかがですか？」

廣瀬の提案に山本元県議は首を傾げた。

「議員をリタイアした後も続けている仕事で、パソコンは最低限は使っているが、インターネットがよくわからないんだよ。うちの社員は会社の広告等をインターネットでやっているようで、これなしでは仕事はできないとは言ってるが、詳しいことがわからんのだ」

「そうですね。どの業界でもパソコンなしでは生き延びることはできないでしょうからね。失礼ですが、今、社員の方はどれくらいいらっしゃるのですか？」

「十五人程の零細不動産業だ」

「十五人を使っている不動産業なんて、東京都内に行けば中堅以上の規模ですよ。おそらく横浜でもそうではないでしょうか？」

「大手との棲み分けを巧《うま》くやっておれば何とかやっていけるのが不動産業だからな。県会の仕事をやっておると、県内の隅々までのありとあらゆる情報が入ってくるんだ。わしはこれを自分の仕事に直接結びつけたことはなかったが、相談を受けると会社の連中を秘書代わりに行かせたもんだ。県議会議員でも個人秘書を雇っている者が何人かいたが、職業議員では特定の後援者がいない限りそんな真似はできんのさ。しかし、その後援者によっては、議員が堕《お》ちていくことも多かったな。議員や役人が巻き込まれた贈収賄の多くは、不埒な後援者によるものが多いんだ」

廣瀬は山本元県議が優れた地方議員だったのだろうと察した。そうでなければ、この年齢になってなお、国や地方自治体の議員を憂う感覚を持ち続けながら、本業を続けることは不可能だろうと考えたからだった。

「山本さんとお呼びしていたのは失礼でしたね。山本社長のほうがいいのかもしれませんね」

「呼び名なんてどうでもいいことだ。県議時代は誰もかれもが『先生』と呼んでいて、議員同士で呼び合うタワケモノもいたよ。こんなのが勘違いの始まりになるんだがな」

「そんなの、国会に行けば当たり前の世界ですよ。予算委員会を傍聴してみればよくわかるじゃないですか？　『○○先生のご答弁は』なんて平気で言いますからね」

衆議院の小選挙区当選者であれば「○○代議士」、そうでなければ「○○議員」、参議院は皆、「議員」と呼べばよい、と廣瀬は加えた。

「あなたはなかなか面白い人だな。衆議院議員でも代議士と議員に分かれるのかい？」

「選挙区を勝ち抜いたのが代議士でしょう。比例議員や復活当選なんていうのは議員でいいんです」

「そんなことを言ったら、国会議員に睨まれるぞ」

「睨んで勝負をしてくるくらいの国会議員なら、まだ救いがあるというものです。不倫をしても当選させるような選挙民がいる地域があるわけですからね。私も『一線を越える』ではなくて、一線を隔てさせてもらいますよ」

「この病院は全国区なんじゃないのか？　そんなことを言っていていいのか？　こちらが心配してしまうよ」

今度は山本元県議が廣瀬を心配するように言った。

「全国区の個人病院なんて、ほんの一部の専門医がいる病院以外ほとんどありませんよ。逆にうちは患者を選ぶことができる数少ない医療機関かもしれませんね。それくらいの覚悟がなければ、これだけの施設は作りません」

「くだらないことを聞いて申し訳ないんだが、これだけの病院は国立病院でも滅多にないはずだが、借金も多いんだろう？」

「それは医療法人の理事長が考えることで、私のような一理事が口を挟む問題ではありません。いまどき借金をしない病院のほうが少ないと思いますが、この病院に関してはほとんどないのではないかと思いますよ」

「それだけ儲かっているのか？」

「多くのご寄付をいただいているようです。海外では当たり前の話で、日本では寄付という概念を作り損なったのが大きな問題だと思います」

「どういうことだ？」

「今でも多くのＮＰＯ法人というものがありますが、この『非営利』という概念を、

NPO法案を作る時に誤ってしまったんですね」

「確かにNPOというのは寄付も財源のうちの一つだが、そうした団体に寄付をしたという話はあまり聞いたことがないな」

「かつてイギリスのサッチャー首相、アメリカのレーガン大統領の頃の英米両国は国家予算の二〇パーセント以上をNPOが占めていたんですよ」

「そんなに多額を一体誰が寄付するんだ？」

「税務控除というシステムがあったから、何に使われるのかわからない税金を払うよりも、しっかりした活動を行っているNPOに寄付したほうがいい、という感覚が国民に根付いていたんです。今の日本でいう『ふるさと納税』のようなものなのですが、NPOが見返りを求めないのに対して、ふるさと納税は違いますよね」

「見返り主義が行き過ぎている地方自治体もあるようで、総務省がクレームをつけたようだな」

「寄付を根付かせることができなかったのがNPO法案を作った時の最大の失敗だったんです」

「あんたの政治知識は半端じゃないな。国政に携わっていたとは言っていたが、相当深いところで仕事をしていたんだろう」

「深いところというより、自分から深みにはまってしまったという感じですね。おかげで今の自分があるのですが」

廣瀬が自嘲も交えて言うと、山本元県議はようやくにこやかな笑顔を取り戻した。

「あんたとは時々話をしてみたいな」

「トラブル含みは困りますが、私も神奈川県政や県内の実態等について、いろいろ教えていただきたいと思います」

「ところで、寄付のことだが……例えばどういう人が寄付をしていくんだい？」

「一概には申し上げることが難しいのですが、セカンドオピニオンで当院に来られて完治された方が多いです。一方で、余命宣告を受けていた方が、その宣告の十倍近くの年月を生きられて、遺言で遺産をご寄進いただいたこともございました」

「いずれも病院が感謝されたからだろうな」

「ありがたいことだと思います」

「寄付を受けた金は申告しなきゃならんのだろう？」

「寄付金に関しては控除の対象になる場合がありますので、医療法人の目的にあった使途勘定を活用しています」

「そうか。寄付を受けて税金で取られてしまっては、寄付した者の善意を損なうことになるからな。それだけ信頼されているんだろう。わしもそうするかな……」

山本元県議の言葉には、どこか含みがあった。

「どういうことですか？」

「実は、前の病院で余命宣告を受けているんだ」

「えっ」

山本元県議があまりに穏やかな顔つきで言ったので、廣瀬のほうが慌ててしまった。

「あと一年……ということらしい」

「今日は検査を受けられに？」

「一応、前の医者が予約を入れてくれていたから必要な検査は全てやってもらった。検査結果が出次第連絡をくれるそうだ。そんな男が、会計でキレるなんておかしな話だと思うだろう？」

「いえ、宣告を受けて平然として生きていく自信は今の私にはありません」

「この歳になってまだやり残していることばかりで、イライラが募っているのかもしれないが、その感情を抑えきれない自分が情けないんだよ」

「私には何も申し上げることができません。当院での治療によって、宣告の十倍でも長くご活躍できることを衷心より祈念いたします」

「ありがとう。あんたに会えてよかった。いずれにしても、しばらくはこの病院にお世話になるだろうから、先ほどの窓口の職員の方にも詫びておいてくれ」

「ご自分でなさったらいかがですか？」

廣瀬の提案に山本元県議が笑って答えた。

「確かにそうだ。詫びに行くかな」

「ここに呼びましょうか？」

「いや、それでは却《かえ》って申し訳ない。わしが行こう」

廣瀬は笑顔を見せて立ち上がった。

会計窓口の担当者はすでに交代していたので、廣瀬は山本元県議と共に職員通用口から医事課の事務室に入った。その広さに山本元県議は驚きを隠せないようだった。

「これが医事課の事務室か、県庁の総務課より広いんじゃないか？　しかも整然としているな。デスクに紙が積んでいないのもめずらしい」

「ペーパーレス化を徹底しています」

「ＩＴ化というやつか」

「ええ。カルテもレントゲンもすべて電子化されていますから、原則としてこの病院から個人情報が外部に漏れることはまずありません」

「原則として？」

「よほど、暇と金があるハッカー集団が特殊な攻撃を仕掛けてこないかぎり、当院のコンピューターやサーバーに入り込むことはできないと自負しております」

「そういう時代になったんだな」

「ＶＩＰの健康問題は一国の政治だけでなく、経済にも大きく影響を及ぼしますからね。医療機関にはその責任があるのです」

「今日のわしの検査結果はどうなるんだ？」

「おそらく特殊な検査でしょうから、検体は外部の専門機関に委託します」

山本元県議の個人名は伏せて発注しているので、検査機関から漏れる心配はないと念を押した。

「またしても、そういう時代になったということだな」

「お互いの幸せのためです」

廣瀬と山本元県議は顔を見合わせると、どちらからともなく笑いが起きた。

「幸せになるような結果であればいいんだが」

廣瀬は医事課の奥の、透明な仕切りで区切られた会計課のセクションに入った。

現金を扱う会計担当がおり、部外者は認証なしには入ることができない仕組みになっている。

廣瀬が入っていくと全員の視線が一斉に注がれた。奥の席の男性が立ち上がって廣瀬の前に進み出る。

「廣瀬先生、何かありましたか？」

「いいえ、先ほど窓口をお騒がせした件で、ご本人が担当者に直接お詫びしたいということだったので、お連れしたんですよ」

「そういうことでしたか。彼女も安心すると思います」

そういってその会計課長が当の女性事務員に声を掛けると、彼女が笑顔でやってきた。廣瀬が事情を説明し、彼女は廣瀬の後について会計課の入り口で待っている山本元県議の前に足を運んだ。山本元県議が緊張した面持ちで口を開く。

「先ほどは本当に無礼なことをしてしまいました。申し訳ありませんでした」

背筋を伸ばした山本元県議が、腰を九十度に曲げて頭を下げた。これには女性事務員も驚いた様子で一歩前に進み出て、山本元県議の手を握った。

「どうか頭を上げてください。私にも非があったと反省していたところでした。こちらこそ申し訳ありませんでした」

「いや、あなたの姿勢、態度にはなんの落ち度もなかったよ。老人のやり場のない感情が勝手に爆発してしまった犠牲者だからね。本当に申し訳ないことをした」

山本元県議が再び頭を下げようとしたのを、女性事務員が身体を支えるようにして止めた。そこへ医事課の副長がやってきて、二人の間に割って入った。

「ここではなんですから、応接室を開けましょうか」

すると山本元県議が副長を見て言った。

「あなたにも非礼をしてしまったな。申し訳ないことをしました」

山本元県議が再び腰を曲げ始めたところで、廣瀬がやんわりと制した。

「山本さん。お気持ちを伝えていただいただけで十分です」

副長も山本元県議の意図を察して言った。

「あの時は私にも余裕がなかったと反省しております。山本様のことは子どもの頃からよく存じ上げておりましたので、もう少し気遣いを持って対応すべきでした。申し訳ありませんでした」

山本元県議は驚いた顔つきになって廣瀬を振り返った。

「徹底した教育がなされていたんだな。恥ずかしい限りだよ」

「いえ、山本さんがご自身でお詫びをしたいとおっしゃったお気持ちを、二人とも感じ取ったんですよ」

頭を下げる二人に見送られながら、山本元県議と廣瀬は事務室を後にした。

第四章　中国人富裕層

いつものように廣瀬が理事長室を訪ねると、住吉理事長は応接セットに座って淹《い》れたてのダージリンファーストフラッシュを味わっていた。

いつしか話題は、イギリスの国民投票によるＥＵからの離脱、「ブレグジット」に及んだ。

「喜ぶのはロシアのプーチンだけですね。廣瀬先生はイギリスの離脱を見事に言い当てていましたよね」

「アメリカのトランプ現象と同じですね。国民の不満のベクトルが一つの方向に向いてしまったのでしょう。パリで難民に紛れこんだテロリストによるテロが発生するまでは、ロンドンでも難民の積極的受け入れ賛成のデモが行われていたのですよ。その空気が一転してしまった。しかも、それと同時に違法行為を繰り返しながら国境を越える難民の様子が何度も繰り返しメディアで流されると、初めから違法行為をしてくる連中が国に入ったら何をするかわからないという思いが受け入れ側の国民に根付いてしまったのです」

「なるほど……一種の情報操作もあったのかもしれませんね」

住吉理事長の言葉に廣瀬が答えた。

「難民の多くがちゃんとした教育を受けられていない人たちですからね。中東でもイラクやシリアの大学のレベルは急激に下がっています。日本の常識では考えられない行動を集団で起こす傾向が強いようです」

「その点でいえば、パリで起こったテロの影響は世界中に波及してしまいました」

「テロ以来、手のひらを返すように難民受け入れの風潮が沈静化してしまったということですね。イギリスでは反ドイツという感覚も国民の中には多かったようです」

「ドイツが勝手に難民を受け入れたからでしょうか？」

「それもあるでしょうが、ヨーロッパはドイツの一人勝ちですからね。私もＥＵ離脱投票の前に二度、ヨーロッパを訪問しましたが、どこに行っても痛切に感じました。特に、旧東欧諸国は全て、ドイツの属国のような感じでした」

医学振興で海外視察の機会が多い廣瀬は、医療の現場だけでなく経済状況に伴う国民の生活レベル等もつぶさに観察していた。

「属国……ですか？」

「会社にたとえれば、孫請けのような存在でしたよ。その属国の負の遺産をEU第二の力を持つイギリスが面倒を見なければならないというのは、イギリス国民に理不尽と思われても仕方がないと思います。理事長は、今後もEUからの離脱が進むと思われますか？」

「本拠地のベルギーでも反発が起きているくらいだから、可能性は高いと思います。欧州統合運動の父ともいわれるジャン・モネの構想はもっぱら第二次世界大戦後のフランスの復興という視点から始まっています。当時は新たな冷戦構造が生まれつつあった時代です。欧州統合というのはある種のユートピア思想にも似た面があったと思いますよ」

「ユートピア……ですか」

「共産圏は共産圏で豊かになり、自由主義圏は加速度的に裕福になるという夢物語です。現にマルクス・レーニンの社会主義革命思想そのものが夢物語だったわけですからね」

「性善説に立たなければありえない世界というよりも、反対勢力を完全に排除した結果でなければ育たない思想ですからね」

「現在の中国や過去の共産主義国家を見ればわかるでしょう？　優秀な人材をことごとく抹殺した結果、ほんの一握りの裕福な者たちと、大多数の貧民という共産主義思想のかけらもない現実がそこにある」

住吉理事長はヨーロッパだけでなく、アジア、アフリカへの医療技術支援も行っていたが、その規模を次第に縮小させていた。

そこへ、住吉に事務長から電話が入った。廣瀬は席を外そうとしたが、理事長が手で制し、電話をスピーカー通話に切り替えた。

「それで、旅行中の中国人がどうしてうちの病院を指名したんだ？」

「どうやら、中国共産党の幹部らしいのです」

電話口の声が応える。

「中国大使館は承知しているのか？」

「そこはまだ聞いておりません。ただ、中国大使館の幹部もよく使う横浜中華街の料理店で倒れて、その店主からの依頼だそうです」

「外交問題に巻き込まれるのは迷惑だし、そういう場合には国立救命救急センターに送るのがこれまでのシステムだろう。一旦、そちらへ送るように言ってくれ」

そこまで言って住吉理事長が廣瀬の顔を見たので、廣瀬は黙って頷いた。

電話を切った理事長がため息まじりに言う。

「中国の話をした途端に中国共産党の幹部ですか……あれでよかったですよね」

「中華街の名店の関係者もこれまで何人か入院していますが、旅行者となると話が違ってきます。病気を偽装して、亡命なんてことになると厄介ですからね」

「亡命ですか……」

「中国共産党の幹部は資産の多くを海外に持ち出す傾向にあります。いつ自分が政敵にされるかわからないからです」

「いわゆる権力闘争ですね」

「共産党の幹部といっても権力闘争に巻き込まれるのはトップから千人ほどの者だけですからね」

「そこまで昇り詰めるのが大変なんでしょう？」

「賄賂、賄賂、政略結婚。そして賄賂ですよ」

「それを良しとしているんですか」

「拝金主義とはそういうものです。子供の教育の場にも親が金を持ち出す。同級生もまた金やモノで釣ることを小学生のころから仕込まれるのです」

「そんなに幼いころからですか？」

「中国の初等教育でもディベートは重要視されます。ただ、アメリカのそれと違うのは、相手を徹底的に論破することが求められる点です」

「アメリカはどうなんですか？」

「アメリカのディベートの授業は途中で攻守交代するのです」

「攻守交代？」

「例えばAとBに分かれて原発に賛成か反対かの討議を始めるとします。時間の半分ほど経ったところで、それまで賛成を唱えていたほうが反対側に回るのです」

そうすることによって相手の立場を理解するトレーニングにもなるし、相互の弱点を知ることにもつながるとされる。

「なるほど……大統領選を見ても、途中で手のひらを返すようなことを平気で言えるのは、そういう背景があるからなのでしょうね。その点中国はどうなんでしょう」

「中国で寝返りは許されません。トップの意向に全てが従わなければなりませんから。中国共産党のトップは軍隊を掌握します。もし、トップに逆らうようなことがあれば軍隊が出てくるのです」

中国の外相や外交部のスポークスマンが記者会見で頑《かたく》なに自国防衛に固執する原因はそこにある。外交部の上位に軍があるからだ。

「軍のトップは相応の教育を受けているのですか?」

「そこが怖いところです。彼らは防衛よりも攻撃を優先する教育しか受けていません。しかも中国人民の優越を本気で信じています。外交部が自分たちに都合の悪いことを一言でも言おうものなら、即座に攻撃に出るわけです」

「攻撃ってまさか……」

「そのまさかです。政治的な抹殺ではなく生物学的な抹殺が待っているのです」

「そんな……」

「しかも彼らは将来に遺恨を残さないように一族郎党全てを排除します」

「排除……全員抹殺ということですか?」

「政治的能力のある者はそうされますが、そうでないものに対しては死ぬまで強制労働が待っています」

廣瀬は断言した。これに対して住吉理事長はゆっくり頷くと、静かに口を開いた。

「二十年も前になりますが、医療協力の要請を受けて中国に行ったことがあるのです。先方は最新設備が整った病院を日本の財力で建ててもらいたい意向でした。当時、日本の外務省内のチャイナスクールと呼ばれる人たちが力を持っていて、そこ出身の国会議員が将来の有力な総理候補だったのです。その先輩格に当たる総理大臣は向こうでハニートラップにかかってしまったそうで、その後マスコミから厳しく叩かれました。私たちが訪中したのはまだその一件が露見する前で、中国サイドは高飛車に、しかし、時には酒と料理と女を使うという、飴《あめ》と鞭《むち》を巧みに併用した得意の懐柔策を図ってきたのです」

「外交交渉に関しては中国の得意技というか、したたかな歴史を感じますね」

現職時代、廣瀬は一度も中国を訪れることができなかったが、辞めてすぐに北京へ、その後上海、香港、厦門《アモイ》に行ったことがあった。

「中国渡航は禁じられていたのですか？」

「警視庁警察官の海外渡航に関して共産圏は全面禁止でした。もちろん、在中国の日本大使館や領事館勤務になれば話は別でしたけれどね。香港、マカオは大丈夫だったのですが、返還と同時にこれも渡航禁止になりました」

「すると行かれたのは四年前ですか？」

「北京はそうです。それから三年前に上海と香港。そして一昨年厦門に行きました」

「北京、上海などはともかく厦門を選んだのはどういう理由からですか」

「厦門の沖に金門島《きんもんとう》という島があるのですが、そこは台湾が領有権を持った特殊な場所なのです。私は台湾には友人が多く、台湾から金門島に行ったこともありました。

台湾が政略的な観点からどうして金門島を領有したのか……それを知りたくて廈門に行ってみたのです」

「結果的に中国はどうでした？」

「あの国から学ぶものは何もないということがわかっただけです。もう二度と行くことはないと思いますよ」

「私も二十年前にあの国に行って、この国から学ぶものはないという、廣瀬先生と同じ感想を持ったものです。その後も、仕事で行くたびに街は繁栄しているかのように見えますが、そこに住む人の気持ちがますます貧しくなっているように見えました」

住吉理事長が残念そうな顔つきになって言うと、廣瀬も顔をしかめた。

「情報が分断されている国の悲しさですね。中国のホテルでテレビをつけると衛星放送で、四局は反日のドラマを延々とやっていますからね。それよりも理事長、先ほどの中華街の店のオーナーからは何も言ってきませんか？」

「誰か察しはつくのですが、彼ならこちらの立場もわかってくれると思います」

廣瀬は一旦自室に戻り、今後の対応を検討することにした。

翌日の午後、廣瀬は住吉理事長に呼ばれていた。理事長室には一目で中国人とわかる、恰幅のいい紳士が応接ソファーに座っている。

　理事長が客を紹介した。

「こちらが横浜中華街の王《ワン》さんです」

「初めまして。王さんとおっしゃいますと、もしかして新亜楼《しんあろう》の王さんですか？」

　王と呼ばれた男の表情がパッと明るくなった。

「うちの店をご存じですか？」

「広東料理では最高級店で、王さんのお名前もよく存じております」

　理事長の説明では、二人は二十年以上の付き合いで、王の父親は日本の老華僑の父と呼ばれる存在であったという。

「一言で華僑といっても幅が広いのでしょう？」

「そうですね。日本の外国人政策や中国の政治事情の変化から、日本に移住する中国人は一九八〇年代後半から急増して、二十年で四倍以上に増えたのです」

「四倍は大きいですね」

「そうです。ですから出身地や日本での在住期間などによって最近は多様化してしまっているのです」

「出身地はともかく、在住期間ではどう分かれるのですか？」

「改革開放以前から日本に在住する中国人やその子孫を〝老華僑〟、改革開放以後に日本に移住した中国人を〝新華僑〟と呼んでいます」

「多様化した華僑同士の関係はどうなのですか」

「出身地によって価値観の相違が出てくるのは仕方ないことだと思っていますが、軋《あつ》轢《れき》が生じてきているのも事実です」

「残念なことですね」

「公的な華僑の定義は『中国大陸・台湾・香港・マカオ以外の国家・地域に移住しながら、中国国籍を持つ漢民族』ということになっているようですが、老華僑が持つ認識とは全く違います。そこにきて海外では中国共産党離れが出てきているのです」

「老華僑のご苦労を知らないのでしょうか？」

「知る気もないのが現在の中国共産党幹部です。彼らは権力闘争に明け暮れていて、これまで海外からせっせと故国に送金してきた古い人間の存在など、すっかり忘れてしまっているのです」

「皆さんがあっての今なのに……」

「そう思ってくださるのは古くからの友人だけです。この住吉理事長もその一人ですよ」

王は穏やかな笑顔のまま答えた。廣瀬は全てを達観したようにも見える王にあえて訊ねた。

「今日、ここにお見えになったのは、昨日の中国共産党の幹部の入院依頼に関してですか？」

「それもありますが、住吉理事長にご相談があるのです」

王の言葉を住吉理事長が引き取って言った。

「実は、当院で中国人富裕層向けの健康診断と緊急手術ができるようにしてもらいたいというご相談なんです」

「中国人富裕層向けの健康診断なら福岡にある個人の大病院がやっているようですが」

「それは私も知っています。民自党の重鎮だった新宮《しんみや》さんが深くかかわっている病院でしょう」

「PET検査を中心に行っているようですね」

PET検査とは、全身のがんなどを一度に調べられる検査で、人間ドックの項目としても知られている。廣瀬の知識に王が感心して言った。

「さすがによくご存じですね。ただ、あの病院では検査結果を知らせてくれるだけで、アフターサービスが全くないのです」

「アフターサービスというと、診断結果に基づく医療行為のことでしょうか？」

「その前段でいいのです。どのような治療が効果的か、という指導が欲しいのです」

必死さをにじませる王に住吉が説明を始めた。

「そのPET検査を例に挙げれば、日本の多くの病院も同じようなものです。悪い結果が出た場合には、改めて予約を取って医師の診察を受けるのです。海外の患者さんに対しては『診断結果を持って自国の専門医にかかってください』と答えるのが精一杯だと思います」

「中国に帰国した患者がそれをやったところ、改めて検査を受けさせられて酷い手術をされた例が枚挙にいとまがないのです」

「仮に日本の医者が『このような治療を受けてください』と言ったところで、自国の病院にそれだけの施設や、能力を持った医師がいなければ何の意味もありません」

日本の医療機関で行う検査は極めて精緻で、これに対応できる病院も限られる。特にがんに関しては病院によって専門医の構成も変わってくるからだ。

「そうでしょうね。私も日本生まれですからその点は理解できますが、中国国内で暮らす中国人にはその点が全くわかっていないのです。しかも、専門医を紹介してもらうたびに賄賂が必要です。党の幹部や超富裕層ならばなんとかなるでしょうが、一般的な富裕層の党員では難しいのです」

廣瀬が訊ねた。

「超富裕層の人たちはアメリカで手術を受けているのではないですか？」

「そのとおりです。ただ、アメリカでは数年待ちという状況も多く、医療費も莫大なのです。しかも、初診から次の診断までの約二週間はホテル住まいを強《し》いられますが、その費用も馬鹿になりません。家族も同行しますしね」

「超富裕層ならば、それくらいはたいしたことではないでしょう」

「超富裕層本人ならばね……ご存じのとおり、中国の超富裕層と呼ばれている人たちの平均年齢は四十代です。手術を受けるのはその親たちが主なのです」

「なるほど……自分のためならそれくらいの金を支払うのは何ともないが、四人の親の病に対して支払うのはためらわれるということなのですね」

「まさにそのとおりなのです。自分の親はまだしも、妻の親に対してはケチる傾向があるといいます」

王も忸怩《じくじ》たる思いがよぎったのか唇を噛みしめた。

「背景はわかりましたが、当院で検査を行うことに加えて緊急手術をお求めになっている理由はどこにあるのですか?」

「中国でもっとも信頼できないのは食品ですが、医療もまた同様なのです」

「信頼できない医療ですね」

「ええ。そしてそれを求めているのは超富裕層本人たちなのです。これまで彼らの視線はアメリカに向かっていましたが、臓器移植以外の分野、特にがん治療、脳神経外科等に関しては日本の高度な医療技術を心から信頼しています」

廣瀬は王の言わんとすることがよくわかっていた。それでも前向きに検討する気にはなれない。

「王さんは当院に中国人専用の枠を設けてもらいたいのでしょう?」

「そのとおりです」

「そうなると中国語ができるスタッフを雇わなければならなくなりますよね」

「そうしていただければありがたいです」

「古来日本には『医は仁術』という言葉があります。『仁』とは儒教の中でも最高道徳にあたる『思いやり』。日本の医療倫理の中心的標語として言い伝えられてきました。ただし、そこに国家という存在が介在した場合には優先順位が変わることも事実です。かつて日本は国境を越えた救出劇として、当時のソビエト連邦で全身に火傷を負った少年を超法規的措置を採って治療、救命した経緯がありました」

廣瀬は厳しい顔つきで続けた。

「あの一九九〇年の案件もまた、負の遺産を作ってしまったのです」

「どういうことですか？」

「少年の生命を救ったところまではよかったのです。しかし、その後が、実に後味の悪い結果になってしまったのです」

廣瀬の表情は険しいままだ。

「あの時、日本各地から少年の治療費に対して寄付が集まりました。その額は病院の治療費を大きく上回る額だったのですが、その金が誰に対して贈られたものだったのか、という問題に発展しました。結果的に少年の周辺者がこの所有権を主張して、ほとんどを本国に持ち帰ってしまったのです。一部の治療費は未払いのままだったようです」

「なるほど……金が絡んでしまうと善意の人道的な支援も水泡に帰してしまうのですね」

王が顔をしかめると、廣瀬も硬い表情のままで答えた。

「日本人の場合、善意の寄付を受けた機関が、この処理に手数料を取ろうとする傾向があるのです」

「善意が打ち消されてしまいますね」

「役人の天下りという図式がある限り、義援金などの使い道が明らかにされない要因があるのです。義援金といっても、管理する者にとっては所詮、他人の金でしかないですからね。寝かしているだけならまだ救いがありますし、これを銀行等に預けるだけでそれなりの利息も生まれるはずですが、その行き先は全く不明なのです」

「そこに仁を絡めるのは容易ではありませんね」

「超富裕層になればなるほど、無駄な税金を払いたくない。額が額ですからね。日本でも所得が千八百万円を超えると累進課税で四〇パーセントが税金で持っていかれます。一方で日本には社会保障の一環として生活保護という制度があります」

生活に困窮する人に対し、困窮の程度に応じて必要な保護を行い、健康で文化的な最低限度の生活を保障、自立を助長する制度だ。廣瀬が説明を続ける。

「支給対象が働くことができない人ならまだしも、わざと働かない人、偽装結婚の人にまで支払われていることを考えると、その趣旨に疑問を持ってしまいます。生活保護が最低賃金を上回るようでは労働意欲が失われて当然ですからね。この生活保護の支給も義援金同様、役所にとっては所詮他人の金以外のなにものでもないのです」

「日本の生活保護は、どのくらいの金額なのですか？」

「だいたい月額十二万円というところが多いようですね」

「十二万円ですか……中国は貧富の格差の激しい国ですが、近年、中間所得層が爆発的に増えています。その結果が訪日中国人の増加につながっているのです。それでも、二〇一五年の全国私営企業の平均年間賃金は四万元（約七十万円）足らずです。月給に直すと約三千三百元（約五万七千円）です」

「中国人の賃金が上がったと言っても、まだその程度なんですね」

「もちろん、中国都市部のホワイトカラーの人件費は高騰しています。北京市で月給五万元（約八十七万円）以上の求人は千八百件近くありますからね。さらにECやベンチャーキャピタルの責任者となれば、年収百万元（約千七百万円）以上の求人も少なくありません」

「確かに格差は大きいですね」

「北京市の月額の最低賃金は二千元（約三万四千八百円）、平均で五千元（約八万七千円）から八千元（約十三万九千円）で求人されているそうです。それを考えれば、やはり、日本の生活保護給付金は高いですね」

「それを目的に来日し、不正取得しようとする外国人が多いのも事実です」

廣瀬は話題を戻すことにした。

「さて、当院で中国人富裕層向けの健康診断と緊急手術をご要望とのことですが、この話は一旦お預かりさせていただきたいと思います」

「可能性があるということでしょうか？」

「最終的には理事会に諮《はか》ったうえで意見をまとめたいと思っております」

「どれほどの期間がかかりますか？」

「緊急理事会を招集致しますので近日中に結果が出ると思います」

王があらためて廣瀬に向き直った。

「ところで、廣瀬先生のご意見はどうなのですか？」

「私は今、王さんの話を聞きながら迷いが出てきております」

「いい方向への迷いでしょうか？」

「当初は反対の意見でした」

廣瀬は正直に自分の気持ちを伝えた。住吉理事長は本件の判断の全てを廣瀬に一任すると、すでに廣瀬に伝えていた。住吉理事長がつけ加える。

「廣瀬は国内、国際政治にも深い造詣があります。趣旨説明は平等な立場から行うと思います。理事会は理事が十人、私は理事長として最終判断を下します」

「廣瀬先生のご意見が大きく左右するようですね」

「さあ、それはわかりません。理事の半数は当院の医師ですが、公認会計士、弁護士等の部外者の意見も参考にされると思います」

住吉理事長の話を聞いて、王は改めて廣瀬に向かって頭を下げた。

王が理事長室を去るのを見届けて、ソファーに座った住吉理事長が廣瀬に声をかけた。

「廣瀬先生、正直なところどう思われますか？」

「営業的には悪くない話だと思います。ただし、そのために中国語ができるスタッフを採用しなければなりませんし、そのスタッフが医療に明るい人物でなければ、患者に正しい情報を伝えることができません」

「確かにそこが一番のネックでしょうね」

「そのうちに、中国人医師や看護師等の職員を研修させてくれ、と言いかねないと思います。常時十人の富裕層患者が入院していたとしても、スタッフの人件費等を勘案すると赤字になることは必定でしょう」

「健康診断だけではダメなのですね？」

「それはすでに福岡でやっています。彼らは日本で治療を受けたい。そして最終的にはアメリカで生活したい人たちです」

「日本での生活を求めているわけではないのですか？」

「日本では彼らの求めるドリームを実現できる可能性が低いのです。そして、アメリカに行くための手段としてこの病院が利用されるということは、いわばただの踏み台です。ここの治療に難癖をつけてアメリカに渡ることなど平気なのが今の富裕層です」

「そうでしたか……先ほど迷いが出てきたとおっしゃったので、おや、と思っていたのです」

「王さんの気持ちも汲《く》んであげなければならないでしょう。華僑の中でも老華僑と呼ばれる人を代表している王さんです。様々な軋轢の中で有力者からのメッセンジャーという立場に苦慮しながら思い切られたのでしょう」

「そうでしょうね。どうしますか？　やはり理事会を招集しますか？」

「事務長に数字上の概算を早急に立ててもらって、三日後には開催しましょう。たまには他の理事の声も聞いてみたいですからね」

廣瀬の提案に住吉理事長は苦笑して言った。

「毎月の定例理事会は理事会の役目を果たしていない、と言いたいんですね」

「たまには理事長が司会進行役に徹してみられたらいかがですか。きっと理事の中にはいい考えをお持ちの方がいらっしゃると思いますよ」


三日後、赤坂本院の会議室で臨時理事会が開かれた。いつもは副理事長の東京本院院長が司会進行役を務めているが、この日は住吉理事長がその役を買って出た。

「本日の臨時理事会は招集通知にあるとおり、今後、当医療法人が中国人富裕層に対して、診療の門戸を開くか否かという問題について協議したいと思います。本日、私は司会進行役で、招集通知にも記載しておきましたように、ここにいらっしゃる全員の意見をお伺いしたいと思います」

全員が何らかの意見を持ってくるようにと招集通知には記載されていた。

最初に公認会計士の神山恒夫《こうやまつねお》理事が挙手をして発言した。

「事務長が作成した経理予測をみると、当面の利益よりも人材育成等の先行投資に相当な予算が必要となっています。さらに、育成した人材が確実に五年間は勤務することを考えると、そこまでして中国人富裕層を受け入れる意味はないのではないか……というところに経営面から考察すると落ち着きます」

次に成田総合病院院長の宮島重治《みやじましげはる》医師が発言を許された。

「ご存じのとおり、当院及び川崎殿町病院は全日本航空（ＮＡＬ）と十年間のＶＩＰ対応契約を結んでおり、さらには与党民自党、大手企業二十数社とも同様の契約を結んでおります。そしてこれまでも、日本人だけでなく、企業が招いた外国人ＶＩＰを何度も診療、入院の措置を採ってきております。そこから中国人富裕層を排除するというのは、仁術の立場から考えるといかがなものか……という疑問が出てまいります」

弁護士の清水信也《しみずしんや》理事が意見を述べた。

「『医は仁術』という考えは理解します。ただし、日本国内にも当医療法人での治療を望みながら、それが叶わない方が多くいらっしゃるように聞いております。その中で富裕層というだけで、優先して受け入れる必要があるか、という点が問題となります。たまたま全日本航空の乗客であったとか、契約企業のＶＩＰであれば、診療を受けることは可能なわけです。そうではない彼らのためにベッドを空けて待っているという姿勢は如何なものかと思います。その点、リスクマネジメント担当の廣瀬先生はどのようにお考えでしょうか？」

清水理事から振られた廣瀬が理事長の了承を得て発言した。

「中国人富裕層の中でも超富裕層と呼ばれる人たちは、中国共産党幹部と何らかの縁戚にあることは明らかです。今回こうした話がきたということは、中国指導者の間でも当医療法人の名前が知られているのでしょう。その指導層でさえ、中国国内の食品、医療、環境の安全をもっとも心配しているそうです。さらに、この三点に関しては自力では解決の糸口さえつかめていないのが実情なのです」

廣瀬の言葉に全員が耳を傾けていた。

「そこで、今回の問題ですが、清水弁護士がおっしゃったように、中国人富裕層専用にベッドを用意しておくことには問題があると思います」

半数以上の理事が頷いた。廣瀬は続けた。

「さらに、彼らは狙った獲物をとことん手中に収めようとする傾向にあります。そして成功のノウハウを盗もうとするのです」

清水弁護士が訊ねた。

「一筋縄ではいかないということですか？」

「両面外交が必要かもしれません」

住吉理事長が司会進行役の立場から廣瀬に訊ねた。

「皆さんにわかるように説明してもらえますか？」

「健康診断は積極的に受け入れて、その中から当病院で緊急手術が必要と認められる患者のみ受け入れる、という方法です」

「あらかじめ、他院で健康診断を受けて要手術と診断された者が、これを隠してあらためて当病院で健康診断を受けた場合はどうするのですか？」

「それは入管を通じて過去の出入国のチェックを行います。さらに、国内の医療機関で検診を受けたか否かのチェックは裏ルートを通じて行う予定です」

「中国本国で検診を受けていた場合はわからないのですね」

「そこまでは追跡できませんが、先ほども申しましたように、中国の富裕層がもっとも信頼していないもののひとつに医療があるわけですから、その可能性は低いと考えていいと思います」

その後、一通り全員が発言を行い採決が取られた。

「本件に関して、当面の措置は廣瀬理事に一任することで理事会の議決と致します」

住吉理事長が言うと全員が拍手をして緊急理事会は終了した。

帰りの車の中で住吉理事長が廣瀬に言った。

「廣瀬先生に負担をおかけする結果になってしまいましたが、仕事の量が増えすぎているような気がしています。大丈夫ですか？」

「今回は今後の対中国戦略の実験だと考えています。せっかく富裕層になっても自分の健康をきちんとチェックできないことほど悔しいことはないと思います。清水弁護士ではありませんが、人権を抑圧している立場にいる者でさえ思うようにならないものがあるのも事実です。日中間で信頼関係を築くのは難しいかもしれませんが、わずかな架け橋になればそれもまたいいでしょう」

「なるほど、バッサリ切るよりも細くとも道を残すことは大事ですよね。いつか彼ら富裕層というよりも、その先の世代の誰かがそれに気づく時がくるでしょう」

「不出来な兄を持った弟の気持ちになっていればいいのです」

廣瀬が言うと住吉理事長が声を出して笑った。

翌朝、住吉理事長が王に連絡を入れると、王は「偉大なる第一歩」と評して喜びをあらわにした。

第五章　サイバー攻撃

「契約先のコンピューターセキュリティー会社から電話が入っています」

総務部長が廣瀬に電話を入れてきた。

「ワックの古溝《ふるみぞ》です。ご無沙汰しています」

「最近は景気がよすぎて、うちのことなんかすっかり忘れているんじゃないかと思っていたけど、忙しいでしょう？」

「そうなんですよ。本社も移転しましたし、セキュリティーセンターもフロアを二倍に拡大したんです」

「人も増えたんでしょう？　株価もあっという間に数倍に跳ね上がったみたいだからね」

「その節は本当にお世話になりました。廣瀬さんがいてくださったおかげで無事に上場できたのが大きかったです」

「タイミングもよかったよね。あの株式分割がなかったら上場と同時にパニックになっていたかもしれないからね」

「株式の百分割という離れ業は、当時の発想にはなかったですからね。あの時はさすがのベンチャーキャピタルの大前《おおまえ》さんも廣瀬さんの発想にたまげていましたよ」

「前に詐欺師がやっていた手法を真似しただけのことなんだけど、詐欺師はそれでも逃げ延びたからね」

「詐欺師からでも学ぶ廣瀬さんの発想がすごいんですよ」

「ところで今日は何事？　僕の持ち株を買い取りたいという話？」

「勘弁してくださいよ。今日はそちらの病院に対して中国と北朝鮮から猛烈なサイバー攻撃が行われているので、その連絡をしたんですよ」

「中国と北朝鮮？　中国はわからなくはないけど、北朝鮮は思い当たるところがないな」

「奴らはプロですよ。しかも医局の緊急電話番号を知っているんです」

医療法人社団敬徳会傘下の四つの病院内にある全てのコンピューターは外部との有線接続を完全に遮断されている。さらにデータ保存用のサーバーと、群馬県前橋市に置かれているバックアップ用サーバーもまた外部との有線接続が遮断されていた。しかし、医局内にある緊急連絡用電話だけは唯一、院内にある二台のコンピューターにつながっていた。医療法人社団敬徳会傘下の四病院だけでなく、国内の多くの病院とオンラインでつなぐことにより、緊急手術や緊急措置に対する施術指示をする際に用いられていたからだ。この電話番号を知っているのは院内では医局長以上の極めて限られた者だけのはずだった。

廣瀬は、背中に冷たい汗が噴き出してきたのを感じた。

「どういうこと？」

「院内に内通者とは言いませんが、外部にあの番号を知らせた者がいるようです」

「あの番号は、ワックさんとうちとの間で結んだ連絡先だよ」

「そうです。うちは私の他には部下の二人しか知りません。もちろん、私も二人から話を聞きましたが、彼らは関与していないようです」

「うちは理事長、院長、私の他は医局長と心臓外科医長、脳神経外科医長の三人だけだからね。三人とも極めて信頼できる人物なんだけどな……。一応、話を聞いてみるよ。それで、敵はどのあたりまで入ってきたの？」

「川崎殿町病院の場合にはダミー回線を引いていましたから、奴らはそこで二度引っ掛かりました。狙われたのが脳神経外科と検査室のデータでした」

廣瀬は川崎殿町病院の設立当時から院内における情報の完全電子化を推進していた。そして、最も心血を注いだのが、このセキュリティー会社だった。以前から付き合いがあったワックというインターネットセキュリティー会社が株式上場し、官邸をはじめとするセキュリティー対策の推進役となった矢先のことだった。

廣瀬が最も注意したのは医療法人の本部コンピューターと系列各病院とのデータ管理の問題だ。特に緊急の手術を要する心臓外科と脳神経外科のデータ共有は喫緊の課題だっただけに、慎重に慎重を重ねていた。

この時、データの共有に関する課題に加えて、患者の個人データに関するさらに大事なポジションがあることがわかり、病理と検査室のデータ管理を追加することになったのだった。

その二つが狙われたことに廣瀬は強い衝撃を受けていた。

いくらシステムを厳重に組んだとしても、たった一人の人的ミスですべてが水泡と帰してしまう。そこで廣瀬が考え付いたのがダミー回線という裏技で、今回はそれで難を逃れた。

廣瀬は電話では話が難しいので、古溝取締役に病院まで足を運んでもらえないかと無理を言った。古溝取締役はすぐに快諾した。

「お久しぶりです。やはり顔を見て話すほうが安心します」

「コンピューター社会は怖いからね。どこにどういう仕掛けがあるのか、本当に信用できない社会になってしまったよ」

「少なくとも、この病院に関しては大丈夫でしょう」

川崎殿町病院の各フロアと主要な場所には電波検知システムが設置されている。

「設計段階で古溝さんに相談しておいてよかったと、今でも思っているよ」

「裏回線も含めて、そう思います。後付けというのは何でも、必要以上に金がかかりますから」

「ダミー回線を作っておいてよかったね」

「システム開発等で金は相応に掛かりました。当時あの発想ができて、しかも実行できたのも廣瀬さんにインターネットセキュリティーに関してプロ並みの知識があってこそでした。今でも、そういう発想をもってコンピューターやソフトの導入をしている役所は防衛省や警察庁くらいなものですよ。民間はまだまだ甘いところが多いですからね」

ダミー回線というのは、サイバー攻撃を受けてプロテクトを掛けているシステムが不正に破られた時に、最初に辿り着くサーバーの逃げ口のことである。このサーバーは不正アクセスの検知と同時に複数のアカウント確認を行うのだが、ここでの手順を一度でも間違うとシステムが本来のデータベースではなく、もう一つのダミーのデータベースに進むように指示を出す仕組みになっている。そしてダミーのデータベースをさらに不正アクセス者が覗きに来た時に本物そっくりの偽データが逆探知ウイルスとなって、不正アクセス者に届く構造なのだ。

この開発を手掛けたのがワックであり、その発案者が廣瀬だと言ってよかった。中国検索最大手「百度《バイドウ》」製の日本語入力ソフトを使用するとパソコンに入力したほぼ全ての文字情報が無断で百度のサーバーに送信されるシステムと同じである。

「日本でも、当時の内閣官房情報セキュリティセンターや文部科学省が中央省庁や大学、研究機関など約百四十機関に使用停止を呼びかけたようですが、結果的に廣瀬さんのよく言う〝アフターフェスティバル〟でしたからね」

「日本は政官ともにコンピューターセキュリティーには甘いからね。中国にやられるなんて東大出の皆さんは何をやっているの？　と言いたくなるよ」

「外務省のほか、東大など少なくとも十二大学の一部パソコンで百度のソフトが導入されていることが判明して、内閣官房情報セキュリティセンターは『重要情報漏えいの可能性は否定できない』と伝えていますからね。東大下暗し、ですよ。字は違いますが……。税金の使い方を知らないんですね。うちなんかを顧問にしたら、絶対にあんな会社のソフトなんか使わせないんですけどね」

古溝取締役が苦々しげに言った。

「中には確信犯もいるからね。特に対中国に関しては外務省ほど伝統的に信用できないところはないからね」

「北朝鮮はどうなんですか？」

「あそこは以前、北朝鮮シンパの有力国会議員が与野党にいたからね。今はほとんど他界したか引退したんで、妙な動きはできなくなっているはずなんだけど、奴らの敵国に対するサイバー攻撃は国家的だからね。そのほとんどは金欲しさだけど……」

「でも、その北朝鮮からも狙われているんですよ」

中国とは全く別の動きなのだろうが、廣瀬にはなんとも不気味に思えた。

「それで、中国と北朝鮮の発信場所はわかっているんだよね？」

「ほぼキャッチしました。中国は、中国人民解放軍の海南島《かいなんとう》基地の陸水信号部隊と思われます。海南島の『海南テレコム』と認定されましたが、この海南テレコムは実質的に陸水信号部隊と同一で、中国人民解放軍総参謀部第三部の指揮下で育成されたサイバー戦争用部隊です。さらに、中国サイバー軍が上海の拠点からも攻撃を行っているようです」

「中国の電子戦部隊か……」

なぜ中国が、川崎殿町病院のような個人病院をターゲットにしなければならないのか。廣瀬が疑問を口にすると、古溝取締役がポツリと言った。

「廣瀬さん、先ほど、中国はわからないでもないとおっしゃいませんでした？」

「ああ、そのこと。今、中国共産党の富裕層から、健康診断の依頼を受けているんだよ」

当然のことながら、その中には軍関係者も含まれている。権力闘争に巻き込まれるのは避けたいと思っていたところだった。

「あの国の政権政党である中国共産党は権力闘争の歴史そのものですからね。公安のプロの廣瀬さんに私が言うのもおかしな話ですけど……」

「去年、うちの理事長が上海を訪問した時に中国人民解放軍総参謀部第三部第二局、通称六一三九八部隊（ＰＬＡ　Ｕｎｉｔ　６１３９８）とも会ってきているんだよね」

「いわゆる『ネット藍軍』というやつですね。どうしてまた理事長がそのようなマニアックな連中とお会いになったのですか？」

「当初は中国国内の軍病院に対する支援要請があったのが始まりなんだ」

「政府経由ですか？」

「いや、政府は絡んでいない。医学会同士の民間交流の一環だ。ただ、向こうが求めたがん治療機器の中には、中国への持ち出しが禁じられているものが多くてね。軍事に転用できる様々な部品が含まれているそうなんだよ」

「そのデータを欲しかったのかもしれませんね。航空写真で見ると、上海市浦東新区高橋鎮大同路二〇八号にある十二階建てビルに六一三九八部隊の攻撃拠点があるようなんですが、このビル周囲の電磁波状況も酷くて、相当数の病人が出ていると思われますよ」

「そうか……案外、共産党幹部に病人が出たのかもしれないな」

　極秘で川崎殿町病院が主導、もしくは治療してほしかったと考えれば、合点がいく。

「もろに権力闘争に巻き込まれているんじゃないですか？」

「その可能性は否定できないようだね。ただし、健康と環境に関しては権力を持っている側だって同じなんだよね。習近平《しゅうきんぺい》が自分の娘をハーバード大学に留学させていたことにしても、金の送り先であると同時に自分の血を残すために、環境がいい場所に送っていると考えられているからね」

「学問的にも健康的にもということですか？」

「空気も水も土地も汚染されている所で自分の子どもを育てたいとは思わないだろう」

「中国の汚染はどうにもならないのですか？」

「救いがたい状況だね。習近平が国威を賭けて推し進めようとしている一帯一路だが、この資金獲得のために作った第二の開発銀行が、思うように資金を調達できなかったそうだ」

「ヨーロッパの主要国は対米意識から参加こそしたものの、投資額は想像以上に少なかったと聞いています」

「そう。中国が道路と鉄道を作ったからと言って、欧州各国にとっては何のメリットもないし、積極的に加盟した国々は途上国ばかりで、中国の資産が流出するだけの結果になっているからな」

一帯一路の通過地域にはイスラム教国家が多く、中国共産党は、この保護を確約しなければならない。宗教弾圧など決してあってはならない現実を、中国共産党幹部は苦々しく思っているのが今の姿なのだった。

「そして、その発展途上国には太陽光パネルを設置する資金もなければ、これを有効利用する設備もないわけですね」

「机上の空論、絵に描いた餅のようなものになっているのが、一帯一路なんだな」

「歴史的に白髪三千丈という大風呂敷を広げる国だけのことはありますが、いつになっても現実が伴わないということですか……」

「それが中国なんだ。しかも、中国の人口問題は厳しい現実に直面している」

「人口問題ですか？」

「一人っ子政策はよく知っていると思うけど、福建《ふっけん》省等での無戸籍の子供の存在が大きくなっているんだ」

「無戸籍……日本にも結構いるようですね」

「日本では夫婦関係の破綻が原因になっている場合が多いようだけど、中国では家を守るため、さらには人身売買のために無戸籍になっているんだよ」

「人身売買？」

古溝が思わず素っ頓狂な声を上げたが、廣瀬は顔色を変えずに平然と言った。

「その無戸籍者に偽造パスポートを与えて日本に送り、日本人と結婚や偽装結婚をして新たな戸籍を作るという掟破りが流行っているんだ。その受け入れの依頼を受けたのが、うちの理事長だったのさ」

古溝は言葉を失い、あんぐりと口を開けていた。その様子を見て廣瀬が続けた。

「中国人の中でパスポートを手にすることができるのは人口のわずか八パーセントに過ぎないんだよ。それも中国共産党のある程度のランクの者と繋がっていなければならない」

「たった八パーセントなんですか？　中国人パブや怪しいマッサージ嬢も含めてですか？」

「そう。怪しいマッサージ嬢も、中国本国では特殊な部類に入る人と言えるんだな」

「無戸籍者もそこに入っているということなんですか？」

「中国国内の一部の地域では、むしろ普通なのかもしれない。それほど、金を稼ぐことができる女性は大事なんだよ」

「金を稼ぐといっても、そんなに商才があるとは思えないのですが……」

「そこを裏で動かしているのがチャイニーズマフィアだよ。いかがわしいパブやマッサージ嬢を雇っている店のオーナーは、ほぼ全員がチャイニーズマフィアだと思っていい。さらに言えば、今、東京近隣で違法風俗を営んでいる連中の多くが中国国内の無戸籍者を人身売買によって集め、稼ぎ手として日本に送り込んでいるんだ」

「どうりで、市営住宅の住人の半数が中国人という街が出現してくるわけですね。膨大な人数ですよ」

「送り込まれた者、中でも女性の場合は、ほとんどが親を人質にとられているようなものだ」

「中国政府は何もしないのですか？」

「外貨を稼いでくれるのだから、ギブアンドテイクが成り立つというだけのことだ。そういう可哀想に思える人たちだって、中国では極めてラッキーな部類の人たちであるのを忘れてはならないね」

「まだまだ貧しいのですね」

「十四億人の貧しい人々が、数千万人の共産党員を喰わせてやっている国だからね」

廣瀬が平然と言うと古溝も頷いた。

「それでも、そういう人物の受け入れを住吉理事長に依頼されたとおっしゃいましたが、向こうも相手を間違えたということでしょうか？」

「いや、医者だからこそ、人権を重んじると思ったみたいだ。中国の医者は金次第というところが多いらしいからね。そうして日本にやって来る女性のうち、一人でも日本人との結婚が巧くいくと、親族を呼び寄せて一族揃って中国からの脱出を図るんだ」

「それを中国共産党が許すんですか？」

「必ず一人、大事な息子を人質に預かり、そこに確実に送金させる。これを地方政府とチャイニーズマフィアが組んで実行しているんだよ」

「中国共産党幹部が知ったら激怒するんじゃないですか？」

「いや。彼らはその見返りをさらに上級幹部に送るんだ。その一環として上級幹部用に組まれたのが、日本での健康診断と緊急手術という図式さ」

「そういう仕組みをよく考えたものですね」

「中国共産党幹部によるギブアンドテイクだな」

「そうなると、川崎殿町病院というよりも、医療法人社団敬徳会そのものが巻き込まれていると考えたほうがよさそうですね」

「それで、中国に関しては思い当たるところがあったんだよ。うちで使っている医療機器はどこにでもあるものだけど、医師の腕は超一流と言っていいからね」

ただし、いくらデータを盗んだところで、医師の技術が伴わなければ何の意味もない。脳神経外科や心臓外科のデータをいくら盗んだところで、それほど彼らのメリットにはならない点が引っかかっていた。

「ええ。患者に対する個人攻撃をしても意味がありませんし、病院からの情報漏洩も対外的なダメージにはなるでしょうが、中国にとって何の得策にもならないと思うんです。唯一……というか、こういう症例に対して、この病院ではこのような治療をしているという、いわゆるノウハウが欲しかったとか……」

「それも考えにくいな。中国の優秀な医師はアメリカに留学してノウハウは学んでいるはずなんだ。特にうちが狙われた二つの外科はアメリカにも同等以上の病院がゴロゴロあるからね」

「ゴロゴロですか……」

「そう。それに中国が欲しがっている医療技術の最先端は移植手術部門だと思うんだ。それなら日本の病院なんか狙う必要は全くないんだな。もっと言えば、うちの脳神経外科と心臓外科のデータをいくら盗んだところで、執刀にかかわるすべてのデータはオペ室のメインサーバーで保存しているからね。知っているのは、この病院でも数人しかいないんだけど」

「オペ室って、手術は全て撮影しているのですか？」

「もちろん。簡単なアッペやヘモから脳の開披《かいひ》手術まで、手術室で行われたオペレーションは全て録画しているよ」

アッペは盲腸、ヘモは痔の医療用語である。

「それは知りませんでした……というより、その管理はどこがやったんですか？」

「このデータはオンライン化していないので、古溝さんのところには委託しなかったんだよ。もちろん、これを知っているのも数少ないんだけどね」

「どういう保存方法なのですか？」

「全ての手術画像は直接記憶媒体に保存することになっているんだ。だからオペ室にある撮影機器にはハードディスクがないんだ」

「何も残さない主義ですね」

「そう。如何なる緊急手術であっても、記憶媒体がセッティングされていなければ手術台のライトが点かない仕組みになっているから、執刀する医師や補助者、看護師全てが、記憶媒体のチェックを怠ることはないんだよ」

「それならば、オペ室の関係者はみんな記憶媒体の存在を知っているのではないですか？」

「記憶媒体は十五時間録画可能なブルーレイディスクなんだけど、このメンテナンスを行うのは私の古くからの知り合いの会社でね。オペ室関係者はセット完了のシグナルを確認するだけで、詳細は知らないんだ」

ディスクが正しく作動し始めたところで手術台のランプが点灯する仕組みになっていた。もちろん、ディスクの残余の管理は医局長と廣瀬が行っている。

「万全の体制と言っていいでしょうね。さて、もう一つの問題。北朝鮮からの攻撃には全く思い当たるところはないのですか？」

「ないな……パチンコはやらないし。どうしても行ってしまう北朝鮮系の焼き肉屋では問題は起こしていないからね」

さすがの廣瀬も、思い当たる節がない事象に関しては何も言うことができなかった。

「北朝鮮からの攻撃母体も、実は軍関係なんです」

「あそこの場合は、全てが軍につながっているから、軍が攻撃しても決して不思議ではないんだけど……ちなみに、軍のどこがやっているの？」

「北朝鮮の対外工作機関である人民武力省偵察総局ですね。ただ、ここはアメリカやバングラデシュ中央銀行を狙った部門のようなんですが、ちょっとだけ、他に対しての攻撃手法と違う点があるんです」

「どういうこと？」

「北朝鮮は最近サイバー攻撃に際しては中国経由ではなくロシア経由で行っているん

です。しかし、この病院に関してだけは中国経由のままなんです」

「それは中国も黙認しているということなの？」

「そこが今のところ判断しがたいんです。中国が黙認しているという考え方もなきにしもあらずなのですが、もう一つの推論から言えば、北朝鮮が中国に対する嫌がらせとして、この病院を見せしめにしているのでは、ということなんです」

「確かに、中国と北朝鮮の関係は微妙だからね……うちの病院を親中国と見なしているとなれば、後者の立場なんだろうが、そんなことをして北朝鮮にとってメリットがあるのかな？」

「そうですよね……何か、北朝鮮が警戒するようなことに、こちらの病院がかかわっているのか……でも、全く思い当たる節はないのですよね」

「そうなんだ」

廣瀬は思いを巡らす際の癖である腕組みをして天井を見上げる姿勢で、首を傾げていた。その姿を見て古溝は一旦帰社することが賢明と思ったのか、廣瀬に言った。

「廣瀬さん。北朝鮮の件に関しては私ももう少し詳細に調査をしてみます」

第六章　スタットコール

「当院にご来院の方、ご家族の方にお知らせします。至急お車のご移動をお願いします」

病院内に二度、全く同じ内容の一斉放送が行われた。このコールをするのは医事課の女性担当者で、テレビのアナウンサーのように落ち着いた声で、しかも耳あたりが心地よくアナウンスされる。

その瞬間、職員全員がピクリと耳を傾けるが、態度には出さない。続いて放送が流れた。

「車両は白色、新聞のし、〇〇〇一です。お急ぎご移動をお願いします」

このアナウンスを食堂で聞いた廣瀬は、食事を切り上げすぐに席を立った。何人かの職員も順次席を立つと、職員用出入り口に静かに向かった。

職員用通路に入ると廣瀬をはじめとして全員が緊張した面持ちでエレベーターに乗

り込み、緊急ボタンと一階のボタンを押した。

　エレベーター内には廣瀬の他四人の職員が乗り込んでいたが、廣瀬の存在を確認するとみな一様に安堵の表情を見せた。その中の一人、病棟の管理責任者である医事課の病棟担当マネージャーの林邦夫《はやしくにお》が廣瀬に向かって言った。

「ホワイトコールは久しぶりですね」

「心臓外科外来でトラブルか……これも滅多にないことだからね」

　廣瀬が答えると心臓外科病棟担当の看護師長が首を傾げながら言った。

「病棟ならまだしも、外来でどうしてトラブルが起こるのでしょう。今日は温厚な本《ほん》多《だ》先生ですから、何があったのか心配です」

　廣瀬たちが心臓外科外来に着くと、そこには五十代後半に見える男が若い女性看護師に向かって大声を出していた。二人の間に本多医師が入って懸命にその場を収めようとしていたが、男は本多医師には目もくれず、彼を押しのけて看護師に向かって叫んでいる。

　廣瀬が患者と本多医師の間に、強引に割って入り患者に正対した。

「ここで大声を出されると、他の患者さんの迷惑ですし、診療の妨害になります」

「何だお前は」

「この病院の安全管理責任者です」

「お前は医者か？」

「いえ、違います」

「医者でないのに患者と医者の間に入るんじゃない。邪魔だ、どけ」

男が廣瀬の胸倉を摑んで押しのけようとしたが、廣瀬はびくともしない。今度は廣瀬のネクタイを摑んで手前に引っ張った。

　廣瀬はネクタイを引っ張っている男の右手首を左手で摑んで、軽く外にねじると、男は悲鳴にも似た大声を出して大きく身体を傾けた。廣瀬は倒れそうになった男を側面から抱きとめながら、男の耳元で囁《ささや》いた。

「あなたが病人でなければ、床にねじ伏せるところでしたよ」

「痛《い》たたたた……何をしやがる」

「いい加減にしないと、あなたは医療刑務所送りになりますよ。それでもかまわないというのならもうひと叫びして結構ですよ。これは脅しでもなんでもありません。あなたの騒ぎは全て録画されていますし、多くの目撃者がいる」

　刑務所という言葉に男も反応した。

「わかったから、手を放せ」

廣瀬はホワイトコールを聞きつけて臨場した職員の中から医事課の林と病棟看護師、臨床心理士の三人を指定して、二階の第二応接室に男を連れて行かせた。

ホワイトコールとはスタットコールの一種で、院内で暴力行為が生じている場合や、不審者が暴れている場合のサインである。

スタットコールのスタット（stat）は、「急を要する」という意味で、病院内での緊急招集を指す。一般の病院では、緊急事態が発生した際、担当部署に関係なく手の空いている医師や看護師を集めるために用いる秘匿のサインをいう。

「ホワイトコール」は川崎殿町病院独自の呼び方であり、病院によっては「コードホワイト」と呼称するところも多い。

「どうもお騒がせいたしました」

廣瀬は周囲にいた患者やその家族に向かって三方向に頭を下げながら詫びると、臨場した病棟担当と外来の看護師に対して、今の騒ぎで余計に体調が悪くなった患者がいないかの確認をさせた。

「何があったのですか？」

廣瀬は外来診察室の入り口で立ちすくんでいた本多医師と、患者に詰め寄られていた女性看護師を、本多医師が診療に当たっていた第四診察室に招き入れた。

最初に口を開いたのは本多医師だった。

「お手数をおかけして申し訳ありません。今の患者は私の前では従順な態度をとっていたのに、診察室を出たとたん、突然高橋《たかはし》看護師に当たったのです」

「理由は何だったのですか？」

「私としては丁寧な説明をしたつもりだったのですが、不満があったようです。私は、医師として日頃から患者には誠実でありたいという思いで接しています。しかし患者の中には医者は病気を治して当然と思い込んでいる人もいます。彼は、心不全と不整脈の兆候があり、他病院で心臓手術を勧められて、その紹介で当院に来られた方なのです」

「今日が初めてではないのですね」

「二度目になります。初診時にＭＲＩ検査の他、採血を行い、詳細な検査結果を今日報告したのです」

「心臓手術は必要なのですか？」

「私はそう判断しましたし、心臓外科の医長とも相談した結果です」

「患者本人は納得していないのですか？」

「心臓手術は患者にとって極めて大きな決断です。当然、患者自身も病気や治療法について熱心に調べています。しかし、それはインターネット情報の中のごく一部であって、あの患者の場合には勘違いが多かったのです。それで、私としては納得できるように説明したつもりだったのですが……」

「勘違いしている患者が多いのも事実ですからね……手術前でよかったのかもしれませんね」

廣瀬が言うと本多医師は首を傾げた。

「当院で手術はしないほうがいいとおっしゃるのですか？」

「それは本人だけでなく、ご家族の承諾も必要でしょうが、ああいう方は医師以外の人間に対しては非常に横柄な態度になる。おそらく、そういう権利意識を積極的に発揮する環境で生きてこられたのでしょう」

「私は医師として何とかしてあげたいと思っています」

「お気持ちは察します。しかし、リスクマネジメント的には、今後、病棟であのようなトラブルを起こすおそれが顕著な患者は受け入れがたい。もう一度私から本人に直接確認してみますが、患者と医師はコミュニケーションが取れないとお互いのためにならないと思っています」

「廣瀬先生はこれまでにも、患者をお断りしたことがあるのですか？」

「患者だけでなく、不実な患者を紹介した病院からのセカンドオピニオンをお断りしたことも多々あります」

「そういうものですか……私はちょっと違うと思いますが……」

本多医師が横を向いたタイミングで廣瀬は看護師の高橋玲子《れいこ》に話を振った。

「高橋さん、あの患者はあなたに何と言ったの？」

「はい。『この病院は金を取ることしか考えとらん。不愉快だ』とおっしゃいました」

「金ですか……？」

廣瀬は本多医師に訊ねた。

「患者と金銭の話をしたのですか？」

「保険の適用について聞かれたので、保険適用ができる場合とそうでない場合がある旨の話をしました」

「保険適用外というのはどういう場合なのですか？」

「最悪を想定した場合には、移植手術になる可能性がある旨を伝えたのです。もっとも、費用がかかるとはいえ、保険制度によって多額の医療費を支払う必要はありませんし、高額療養費制度により自己負担額も大部分が返済される場合がほとんどです。実際には二百万円程度でしょう」

「そこまで悪いのですか？」

「左心房の筋力がかなり弱いのです。このため心不全の兆候が出ています。再検査をする必要はないというのが照岡《てるおか》医長との協議結果です」

「開けてみなければわからない……ということですか？」

「私はピッツバーグ大学で百例を超える心臓移植手術を手掛けてきました。当院で移植手術はできませんが、移植手術に該当するような病状であることは確かです」

困難な症例なのだろう。

「うちの病院でどこまで回復させることができるのですか？」

「少なくとも、ペースメーカーを入れて落ち着かせ、左心房に負担をかけないようにすることはできます」

「根治治療ではないわけですね」

「そのとおりです」

「どうして、すぐに移植手術をするよう勧めなかったのですか？」

「それはご本人の判断です」

「それも医長の意見を聞いたうえでの判断なのですか？」

「あの患者はまだ四十九歳なんですよ。十歳以上老けて見えるでしょう？　全て、心臓が正しく血液を全身に送ることができないことが原因なのです」

「本人は移植手術をするほどの資産はない……ということなのですね」

「そこまでは聞いておりません」

廣瀬は首を傾げて訊ねた。

「先生はあの患者と、今後、良好なコミュニケーションを取ることができると思っていらっしゃいますか？」

「本人のためだと理解させることはできるかと思います」

「この件は一旦私に預けていただけますか？　私が病院のリスクマネジメント責任者として本人と話をしたいと考えます」

本多医師は廣瀬の提案を了承し、廣瀬は二階の第二応接室に向かった。

「宇賀神良彦《うかがみよしひこ》さん。お待たせいたしました」

騒動を起こした張本人の宇賀神は第二応接室のソファーに座って、相変わらず憮然とした顔つきで腕組みをしていた。廣瀬の顔を見ると宇賀神が口を開いた。

「この病院は診察を終えた患者をこんなところで待たせるのか。しかもお茶も水も出しやしない」

「医師の判断も聞かずに勝手なことはできませんから、その点はご了承ください」

「何が医師の判断だ。この病院そのものが金儲けしか考えていないじゃないか」

「おっしゃる意味がよくわかりませんが、どこが金儲けなのでしょうか？」

「心臓手術の話は前の病院でも聞いたが、ここは心臓移植手術と来やがった。冗談じゃない」

「何か勘違いされていらっしゃるようですが、当病院では移植手術をする設備はありませんし、そのスタッフも足りていません。先ほど診察した本多医師はアメリカのピッツバーグ大学病院で百例以上の移植手術を行い、これに関する知識、技能は国内でも十指に入る者ですが、ここで移植手術をするとはお伝えしていないはずです」

「いや、最悪の場合には移植手術をすることになると言った。確かに言った」

「この病院内で手術をすると申し上げましたか？」

廣瀬の重ねての問いに宇賀神は一瞬首を傾げたが、思い直したように言った。

「言った。確かに言った」

廣瀬は第四診察室で診察時の状況をモニターで確認してきただけに、強気に出た。

「それでは、医療事故防止の観点から撮影していた、診察時の状況をご確認ください」

そう言うと第二応接室のモニターの電源を入れ、手慣れた作業で先ほどの心臓外科外来第四診察室の診察場面を映し出した。

宇賀神は一瞬驚いたような顔つきになったが、本多医師との会話が始まると食い入るように画面を見つめた。間もなく、その場面が始まった。

録画を見終わると、宇賀神は両手をきつく握りしめ、奥歯を強く嚙みしめていた。廣瀬は黙ってその姿を眺めていた。ようやく宇賀神が口を開いた。

「この病院は誰の許しを得て、診察室の状況を撮影しているのか」

「初診時に全ての患者さん、ご家族に説明し、サインもいただいております。宇賀神さんのサインはこれです」

廣瀬が承諾書の写しを差し出すと、宇賀神はこれを手に取ってまじまじと眺めていたが、突然、この写しを破り捨てた。

廣瀬が冷静に言った。

「宇賀神さん。当院ではこれ以上あなたを患者として扱うことはいたしません。会計だけお済ませのうえ、お帰りください」

「何？　お前にそんな権限があるのか？」

「あるから申し上げているのです。私は医療法人社団敬徳会の筆頭理事として、あなたに通告しているのです。医師は患者に根拠がない治療は勧められませんし、理解していただけなければ、それ以上の話はできません。本多医師の話では、心臓病は治療の機会を逃すと心臓だけでなく、肝臓、腎臓も悪くなり、不整脈もさらにひどくなるそうです。そうなると手術のリスクもさらに上がり、最悪の場合には移植手術をすることになるそうです。また患者と病院は相互の信頼関係の上に成り立ちます。今のようなあなたの言動は一切の信頼関係をぶち壊すことにほかならない。ですから、当院はこれ以上、あなたとの接触を拒否させていただきます。以上です。お引き取りください」

「いいか。こんな病院悪評だらけにしてやるからな」

「どうぞ。なんとでもなさってください」

宇賀神が弁護士を伴って再び来院したのはそれから一週間後の午後だった。総合受付の女性医事課事務員が対応した。

「院長に面会したい」

「院長は手術中です。お約束がおありでしょうか？」

「約束はしていない。仕方がない。ここで待たせてもらおう」

「あと七時間はかかると思われますが、外来は午後六時には電気を消します」

「ここはいつもこういう態度なのか？」

「どういうことでしょうか？」

「患者を馬鹿にしている」

「失礼ですが、当院の患者さんでしょうか？」

宇賀神が川崎殿町病院発行のデジタル対応の診察券を提示して言った。

「これを見ればわかるだろう」

女性職員は素早く診察券の氏名と受診科を確認して宇賀神に訊ねた。

「本日は診察ではなく、院長に面会をご希望なのですね」

「そうだ。同じことを何度も言わせるな」

「失礼いたしました。一般待合室でお待ちください」

女性事務員は手慣れた対応だったが、宇賀神の顔に見覚えがあったため、宇賀神らが総合受付を離れるとすぐに廣瀬に電話を入れた。

「ほう。トラブルにはならなかったんだね」

「『ここはいつもこういう態度なのか？』『患者を馬鹿にしている』と言われてしまいました」

「気にすることはない。後はこちらでモニターを見ているから、知らん顔をしておいてください。交代する場合には引継ぎを忘れないようにお願いします」

一時間半後、受付が交代する際、女性職員は宇賀神の存在と廣瀬からの伝言を後任の女性事務員に伝えた。

総合受付が交代するのを確認したかのように宇賀神が再び総合受付にやってきた。

「院長の手術はまだ終わらないのか？」

「手術開始時間が午後〇時三十分ですから、早くても午後七時は過ぎると思います」

「手術室はどこだ？」

「第二別館の地下一階です」

「そこで待たせてもらおう」

「第二別館は病院職員の他は患者さん、もしくはそのご家族のＩＤがないと入ることはできません」

「院長に連絡はつかないのか。こっちも忙しいんだ」

「手術中は一切の連絡ができません」

「院長の家族になにかあった場合にも連絡をしないのか？」

「そのとおりです」

宇賀神は憮然とした顔つきで待合室の席に戻った。

廣瀬はデスクで監視画像モニターを見ながら手元の監視システムを操作した。監視画像に映っている宇賀神の姿にポインターを当てて、画像の中から宇賀神を人物特定すると、一つボタンを押して対象固定措置を取った。

対象固定措置とは画像解析技術の一種で、指定した人または物が動いた際にセンサーが働き、複数のカメラがこの動きを自動的に追うシステムだ。このシステムは廣瀬の友人が開発したもので、最近では空港や駅に導入され、不審物の放置や不審者の動向監視に利用されていた。


宇賀神に対する対象固定措置を取ってから約一時間後、ようやく宇賀神が動いた。立ちあがる宇賀神の腕を叩き、弁護士がたしなめている様子だったが、宇賀神は逆に弁護士の肩をポンと叩いて席を立った。

宇賀神は病院正面入り口に設置してある病院の案内図で、病院の全体図を確認しているようだった。間もなく宇賀神は本館の地下に降りて第二別館方向に歩き始めた。

廣瀬は卓上電話から一件外線電話を架けると、ホワイトコールを行った。席を離れず、モニター監視を続けながら総合保安センターに対して指示を行う。

当日の参集メンバーが第二別館地下一階の入り口に向かって移動しているのが、ロケーターで確認できた。

川崎殿町病院におけるスタットコールの対応指定者は毎日交代制で、二週に一回のペースで回ってくる。その日の対応指定者は朝礼時にペン形のロケーターを持たされ、総合保安センターの院内地図画面でその所在が明らかになるようになっている。

廣瀬の部屋のパソコンには、各ロケーターの位置が映し出されるようになっていた。

間もなく廣瀬の卓上電話が鳴った。ナンバーディスプレーで総合受付からの連絡だとわかった。廣瀬は席を立つ前に総合保安センターに電話を入れて、動きがあった際の緊急電話を依頼して総合受付に向かった。

「お忙しいところ申し訳ありません。不審者とは申しましたが、人定は取れております。間もなく当院の職員が現行犯逮捕する可能性が高いので、ご連絡いたしました」

「廣瀬先生からの非常連絡には迅速に対応するよう、署長からも言われていますから、すぐに飛んでまいりました」

廣瀬は川崎湾岸署の刑事課長代理と強行犯係長、部長刑事とともに第二別館の地下一階に向かった。廣瀬が所持しているＰＨＳにまだ連絡はない。

「第二別館地下には心臓外科と脳神経外科専用の手術室が二部屋ずつあり、そのフロアへは、まずＩＤカードで入館した後、滅菌室を通り、手術室専用の上衣を着装することが義務付けられています」

「無関係の者が入ってはならない旨の表示もされているわけですね」

刑事らに説明をしながら、院内を足早に移動する。

「本館側の渡り廊下の入り口、第二別館の入り口にも大きく表示されています」

「本館側の渡り廊下の入り口にはセキュリティーは施されていないのですか？」

「そこにもＩＤカードが必要で、手術室フロアに入るには三ヵ所のセキュリティーチェックを受けることになります」

「すると不審者は渡り廊下に入ることもできないのでは？」

「この時間、四部屋の手術室全てが使われています。あらゆる事態を想定して、人や物の移動が頻繁なのです。ですから、滅菌室入り口までは院内関係者と一緒にすり抜けることは可能です」

「滅菌室には入ることができないのですね」

「専用のスリッパを履かなければなりませんので、その段階で部外者は完全に排除されます」

「専用のスリッパは何のために？」

「甲の部分にセンサーチップが仕込まれており、手術室の出入りの際には手を使うことなく、そのスリッパをドア横の小さな穴に入れることで、手術室のドアが開く仕組みになっています」

「さすがにセキュリティーと衛生対策は万全なのですね」

「アメリカの多くの病院は十年以上前からこのシステムを使っていました。日本でも新たに手術室を設置するところはこのシステムが順次採用されているようです」

四人が本館地下の第二別館への渡り廊下が見えるところに着いた時、廣瀬の院内用ＰＨＳが鳴った。

「総合保安センターです。廣瀬先生の動きは確認しておりますが、今、第二別館の滅菌室前で不審者を確保しています」

「確保した正確な時間を教えてください」

「十六時四十三分三十五秒です」

「了解。間もなく到着します」

「確認しております」

通話を切ると、廣瀬が刑事課長代理に向かって言った。

「十六時四十三分三十五秒に現行犯逮捕しました」

「予想が当たりましたね。後は、こちらでキッチリやりますよ。すでに建造物侵入罪と威力業務妨害罪の二罪が成立していますし、暴れでもしていたら暴行罪も追加しますよ」

間もなく四人が第二別館の滅菌室前に着くと、屈強な病院職員が脇固めの体勢で宇賀神を床にねじ伏せていた。

これを見た刑事課長代理が笑って言った。

「見事な逮捕術ですね。交番の警察官でもなかなかここまで上手く決めることはできませんよ」

宇賀神を抑え込んでいた職員が廣瀬を見て言った。

「すいません。暴れたものですから制圧しました」

「見事です」

廣瀬が頷きながら笑顔で職員に言うと、制圧されている宇賀神の横に近づいて立ったまま言った。

「情けない姿だな。後は警察にお前の身柄を引き渡して処分は任せる。ついでに二度とこの病院に近づくことができないような仮処分の申請も行うが、その必要はないかもしれないな。刑務所に入れれば、最終的には医療刑務所に行くことになるだろうが、そこでお前にとって最善の治療が行われるのかどうか保証はできない」

すると制圧されたままの宇賀神が呻《うめ》くように言った。

「ふざけるな。医者は患者を治すのが仕事だろうが」

廣瀬は鼻で笑うように答えた。

「医師も人間だ。一肌脱ぎたいと思う患者もいれば、親身になれない患者もいる。それは患者次第ということだ。あとは医療刑務所の医師がどう判断するかだけだな。医師の気持ちが遠のくような患者にはならないほうがいいと最後に言っておくよ」

そこまで言うと廣瀬は振り返って、刑事課長代理に向き直った。

「あとはお任せします。現行犯人逮捕手続書の作成に関してはこの職員が協力いたしますのでよろしくお願いします」

現行犯人の逮捕が一般人にも認められているのは、明白な犯罪が行われた時に、迅速に犯人を確保し、逃走と証拠隠滅をさせない目的があるからである。

この常人による逮捕が行われた時には、現行犯人逮捕手続書を逮捕した本人が書かなければならないのだが、これを調書の形で警察官が代書することができる。その際に使われるのが現行犯人逮捕手続書（乙）という書類である。他方、現行犯人逮捕手続書（甲）は警察官が直接逮捕した場合に作成される。

宇賀神を制圧している職員に代わり、川崎湾岸署の刑事が宇賀神の右手に手錠をかけ、さらに顔の下にあった左手を摑んで後ろ手錠をかけた。後ろ手錠とは身体の後ろで両手錠をかける場合で、屈強な相手や暴れる犯人に対して施される措置だった。


廣瀬がデスクに戻ると珍しく理事長の住吉幸之助から内線電話が入った。

「廣瀬先生、相変わらず厳しいお仕事をお受けいただきありがとうございます」

「内線電話ですが川崎にいらっしゃっているのですか？」

「院長が手術中とは知っていましたが、たまには現場を確認しておきたいと思いましてね。ところで今日もスタットコールがあったようですね」

「これからお部屋にうかがいます」

廣瀬は電話を切ると、二十二階にある第二理事長応接室に向かった。

理事長室は二階にあり、第一理事長応接室はその隣にあるが、第二理事長応接室は病院本館最上階の東京湾を見下ろすことができる角部屋にある。

「この部屋に入るのは久しぶりですね」

「本当のＶＩＰ用応接室ですからね。ただ、私は時々ここで好きな酒を飲みたくなることがあるんですよ」

「赤坂の本院の第二応接室とはちょっと違った趣がありますからね」

「東宮御所を見下ろすロケーションには、ちょっと不敬の念を覚えることがありますが、日々刻刻と変化する青山から赤坂の景色は自分自身の気持ちを高揚させてくれますよ」

「その前向きな姿勢が、この医療法人を支えているのだと思います」

「ところで、今日、ここに来たのは私の友人の弁護士から打診されたことがあって、その件に関して廣瀬先生のご意見をお伺いしたいと思ったのです」

「理事長の交友範囲の中でも弁護士は多いと思いますが、医療系ではない方なのですか？」

「そうです。どちらかといえば渉外案件と民事の中でも不動産取引と知的財産権問題が得意な分野ですね」

渉外案件とは外国に関する案件のことである。

「大手法律事務所に勤務されている弁護士ですか？」

「かつては四大法律事務所と呼ばれた弁護士法人にいたんですが、ニューヨークと台湾でそれぞれ弁護士資格を持っているので、五年前に独立して事務所を作った男なんです」

「ニューヨークと台湾ですか……優秀な弁護士なんでしょうね」

「そうですね。今、対中国関係で頻繁に起こる訴訟の四分の一は彼の事務所が対応しているようです」

「四分の一はすごいですね」

「半分は台湾人の弁護士で、日本の司法試験も受かった人たちです。日本語も驚くほど達者で、最近のテレビに出ている若いタレント連中よりも正しい日本語の使い方ができますよ」

「最近のタレントは『ヤバイ』と『メッチャ』でなんでも表現しようとしていますからね。彼らのボキャブラリーの乏しさにはテレビを見る気がしなくなるほどです」

「放送局や広告代理店にもその責任の一端はあるんですけどね。ところで、本題に入りますが、一つはアメリカと中国の病院の買い取り、もう一つは私が拒絶してきたジェネリック医薬品の積極的使用を打診されているんです」

思わず廣瀬が顔をしかめた。

「どちらも厄介な問題が控えていますね。前者の中でもアメリカの件は新大統領が、前大統領が進めてきたオバマケアの見直しについて最初の大統領令に署名してしまいました。結果的にはオバマケアは引き続き実行されていますが、まだまだ先行きは不安です。中国の件では中国共産党のどの部分が積極的に動いているか……です。理事長にもメールで報告を上げておりましたが、現在、当院のサーバーに対して中国と北朝鮮からサイバー攻撃が行われています。この案件が直接の引き金なのかはわかりませんが、相手を見極めることが第一だと考えております」

「サイバー攻撃に関する報告は見ましたが、まだ実態が不明なのでしょう？」

「ただ、中国人民解放軍総参謀部第三部の指揮下で育成されたサイバー戦争用部隊本体が動いているのは事実のようです。そうなると、軍の最高指導者である習近平が『知らなかった』というのはあり得ないことになります」

「そうですか……どちらも難しい案件ですね……」

「アメリカの病院は移植関係ですか？」

「さすがですね。うちの医療法人だけでも、臓器移植することが最も良い治療法である旨の診断が年間百件を超え、臓器移植の必要性が高まっていますが、これに実際に対応できる状況ではありません」

「それは臓器移植法が改正されても、ドナーの数よりも対応できる医師の数が少ないからではないですか？」

「医師もそうですが、施設もない。二〇一七年の臓器移植に関する提供件数と移植件数のデータを見ても、十一月末現在で移植件数の合計は三百三十四件しかありません。そのうち半数に近いのが腎臓単独移植の百四十一件です。肺単独、肝臓単独がそれぞれ約五十件。心臓単独移植は四十七件しかありません」

「そうですね」

心臓移植手術に関していえば、アメリカのある病院の七週間分にも満たないのが実情だった。

「日本からアメリカやドイツへ渡って心臓移植をする方は毎年何名かいらっしゃいます」

「渡航移植を自粛するよう、世界保健機関は呼びかけているようですね」

廣瀬が言うと、住吉理事長は頷いて答えた。

「『金を積めば横入りは許されるのか』という常識的な主張なのです。渡航移植の多くがその国で待機している順番に割り込んで移植手術を行うので、高額な割り込み料を払わなければならないのが実情なのです。ですから渡航移植に対する国際的な反対ムードが高まっています」

「〇〇ちゃん基金などという、子どもの命を救おうとする動きもあるようなのですが、あれも結果的には渡航移植を目指す限り、割り込み移植を促すことになるのですね」

「すべてがそうだとは言い切れませんが、現地ではそれを商売にしているシンジケートがあるのも事実です。特にアメリカの場合にはアメリカ国内にそんなにドナーがいるはずがないにもかかわらず、ある程度の期間で子どものドナーさえ見つかってしまうのです。ちょっとそのバックグラウンドを想像しただけでも、裏で何が行われているのか、うかがい知ることができますよね」

「それが心臓となれば、近い年齢の子どもが亡くならない限り、心臓移植はあり得ないということですからね。考えただけで鳥肌が立ってしまうでしょう……」

住吉理事長の言うシンジケートという言葉から、移植商売という継続的なビジネスが成り立っているのであろうことが容易に想像できた。

「中国も同じようなものなのですか？」

「中国で子どもの臓器移植が多いという話は聞いたことはありませんが、成人のそれは多いようですね。しかも適合ドナーがすぐに見つかるようです」

「以前から言われていた、死刑執行と因果関係があるという噂は本当なのですか？」

「否定できません」

住吉理事長は声をひそめた。

「そのアメリカと中国の病院を買収するということは、シンジケートや中国の闇の部分と連動することを意味するのですよね」

「そういうことになってしまいますね」

「やめたほうがいいんじゃないですか？」

「近未来的に、日本国内の医師で移植スタッフを育てたいと思っているのは事実なんですけどね」

「そのお気持ちはわからないではないのですが、病院買収以外に医師育成手法はないのでしょうか？」

「思いつかないんです。最近は外科医を希望する医師が減っているのも事実ですし、僻地《へきち》医療もまた同様です」

「都会に医師が集中する傾向は歯科も同様と聞いています。医師が増え続けた結果、狭い範囲に同種のクリニックが濫立して経営が成り立たなくなるケースが多いようですからね。美容業界と同じですね」

「医者にはなったが……という若手が多いのも事実です。個人病院で新人医師を抱えるのは難しいですからね」

住吉理事長の経営者としての苦悩が廣瀬にも伝わってきていた。

「理事長は当院だけでなく、医療法人全体の医師をどうやって見つけてこられているのですか？」

「うちにも三十代の医師はいますが、彼らに医学博士号の取得を求めているわけではありません」

医学博士は、学士号の取得や、医師国家試験に合格して医籍登録を行って医師になることとは別に、大学院の医学系研究科で博士課程を修了し、博士論文の審査に合格することでも取得できる。これは課程博士と呼ばれる。そのほか、博士論文を公聴会に提出して合格する論文博士に対しても、博士が授与される。

「医学博士になるためには、学術上の業績のみが要件なのでしょう？　医師免許の取得自体は必ずしも必要ではないわけですよね」

「はい、医学博士と医師免許とは関係がありません。医学部医学科を卒業しないで医学博士を取得しても、医師国家試験の受験資格は与えられないわけです」

「それなのにどうして、そんなに医学博士という肩書を求めるのでしょうか」

「一般的に医学博士は英語で『M．D．』、『Ph．D．』で表されます。『Doctor of Medicine』、『Doctor of Philosophy』の略なんですが、これをメディカルドクターと勘違いしている方も多いんです」

「確かにM．D．だと医療系の博士ですからメディカルドクターと勘違いしてしまいますよね」

メディカルドクターとは製薬会社内に勤務する医師のことで、外資系企業のほか、最近では国内の製薬会社の多くが、医師を新薬開発の責任者やプロジェクトマネージャーに採用している。

「よくご存じですね」

「いえ、つい先日、製薬会社のMRと会ったばかりだったので、医薬情報担当者について調べているうちにメディカルドクターのことを知ったのです」

「そういうことでしたか……日本のほとんどの公立や私立大病院では伝統的に、部長職以上就任の条件として博士号取得を挙げているんです。この結果、多くの医師が大学病院の医局から離脱できないという状況に陥ってきたわけです」

「博士号がなければ、臨床医としてのキャリアアップに影響するわけなんですね」

「私が医局にいた時には、医学博士の肩書は『足の裏の米粒』と揶揄されたものです」

「どういう意味なんですか？」

「取っても食えないが、取らないと気持ち悪い……という悪しき慣例と誰もが捉えていたのですが、いまだにその悪習は変わっていないのです」

「大学と大学院も同じである必要はないのですよね」

「もちろん、言葉は悪いですが国家試験の合格率が八〇パーセントを下回るような三流大学の医学部を卒業しても、何らかのコネがあれば帝都大大学院に入ることはできるわけです。そして肩書は帝都大学大学院博士課程修了となれば、知らない人は帝都大医学部卒と勘違いしてしまう。医者仲間は知ってはいても、敢えて口には出さない不文律がありますから、そういう医師に限って偉そうにしたり、金儲けに走っている輩が多いのは事実ですね」

「欺瞞の誤謬《ごびゅう》と同じで、詐欺師のようで詐欺師ではない……というところですね」

「欺瞞の誤謬ですか……どういう時に使うのですか？」

「ある革命政党が頻繁に使ったフレーズで『党首は貧しい農村で生まれました』というのがあったのです。確かにその村は貧しかったけれども、党首の家は代々医者の家系で、大金持ちの部類に属する家だったわけです」

「なるほど、それで欺瞞の誤謬ですか……相手が勝手に勘違いしてしまうという点では似ていますね」

住吉理事長は新たなフレーズを得たという感覚だったのか、二、三度その言葉を復唱してニコリと笑って言った。廣瀬も笑いながら訊ねた。

「話の腰を折って申し訳ありませんでした。若い医師の発見方法を教えてください」

「うちの医療法人の専任医師は千人を超えています。その全ての医師が一流というわけではありませんが、各病院の医局長、担当医長はそれぞれの診療部門では皆一流です。これは自信を持っていますし、学会や病院協会でも有名な話です。その医師が母校の大学や大学院とのパイプを持ち続けているのです。さらに海外の大学病院や大病院で五年以上の留学経験がある医師は、そちらとのオペレーションリンクを張っています」

「オペレーションリンクはたしかに、インターネット時代を象徴する最高の医学システムと言って決して過言ではないですね」

「オペレーションリンク」は、手術に特化した情報共有システムだ。海外の病院の各診療科の主任教授や医長と、手術の手法やテクニックについて情報交換をするもので、今まで経験したことがない特殊な症例についても、海外の情報を集めて、その成功例を研究しながら手術を行うことができる。このため、オペレーションリンク相手との時差を考慮して手術時間を決めれば、手術中であっても相手方のアドバイスをリアルタイムで受けることができた。

「そういう人脈を最大限に生かして、新たな人材を発見していくのです。もちろん交渉は私自身が行いますし、先方も、うちの病院の魅力を知ってもらえれば、自分自身の将来のためになることを考えて、うちを選んでくれるのです」

「理事長の姿勢がそのまま相手に伝わるからでしょうね」

「多くの医師をはじめとして、廣瀬先生のような人材があってこそ、医療法人や各病院が成り立っているのです。私は所詮、診療をしない医師ですから……」

「〝オピニオンリーダー〟と言ってください」

廣瀬が笑って答えると、住吉も照れ笑いを見せた。

「リーダーが自分の意思をはっきり持たなければならないのはわかっていますが、高所大局からものを見る目がないので、いつも廣瀬先生に頼ってしまうのですよ」

「勘弁してください。それよりも病院買収に関してはもう少し慎重に構えたほうがいいと思います」

「そうですね。まだ決断を急ぐ時期ではないのかもしれません」

「世のため人のためになる事業であっても、そこに負の遺産を抱え込む必要はないと思います。アメリカの大病院等で臓器移植を学ぶために留学を希望するような人材を積極的に支援する財団を作ってもいいかもしれません」

「財団ですか……」

「うちが動けばスポンサーも集まるかもしれませんし、国だって動かすことができる可能性があります」

「面白いですね。私なりにもう少し考えてみましょう」

そこまで言って住吉理事長が話題を始めに戻した。

「スポンサーと言えば、もう一つの案件であるジェネリック医薬品の問題です」

「理事長の中で、ジェネリック医薬品に対する意識が変わったというのであれば、それはそれで、国も積極的に後援しているようですから、必要以上に悩むことはないのではないですか？」

「ジェネリック医薬品については国内に五大大手製薬会社があるのですが、どこも新薬開発の研究開発費がかからない分、活発な事業拡大を進めています」

「その分、同じ成分の薬であっても、ジェネリック医薬品は薬価も低く抑えられているわけで、事業拡大にも限度があるのではないか……と思います。中国やインドのように知的財産権を否定するような国家ではありませんからね」

「まさにそこなんですね。特にアフリカの発展途上にある国々ではジェネリック医薬品に頼らざるを得ない状況にあります。ですから特許を無視したジェネリック医薬品を作り、人道的という欺瞞の誤謬を使って利益を拡大しているのが現実です」

「ここでも欺瞞の誤謬ですか……それで国内のジェネリック医薬品専門製薬会社からもプレッシャーがかかっているのですか？」

「ここではやりませんでしたが、成田の病院でアンケートを取った結果、患者からジェネリック医薬品の選択ができるようにしてもらいたいという回答があったのは事実です」

「先発薬品とゾロ品では、成分は一緒であっても、その加工法によって、薬の溶解時間が異なることで、効能に差が出るという話がありますが……」

「現場の医師もそれを心配しているのです。たとえば薬の錠剤一個の中に含まれる必要な成分は全成分量の百分の一から五百分の一というのが実態で、それを飲みやすくするために、それなりの大きさにしているのですからね。その混ぜ物の成分がまた大きな問題になっているのです」

「それは飲み薬だけでなく湿布なんかも同じでしょう。ちょっとスッとしたほうが薬が効いたような感じがするから、様々な工夫というか、余計なものがくっついている」

「それでなければ製薬会社は儲かりません。先発薬品の製薬会社でさえそうなんだから、ジェネリック医薬品の製薬会社は推して知るべしです」

廣瀬は住吉理事長が何に悩んでいるのか、今一つ理解できなかった。

「理事長、端的にお伺いします。ジェネリック医薬品を信頼していらっしゃらないのですか？」

「いえ、そういうわけではないのです。ただ、国内の大手ジェネリック医薬品製薬会社は国内消費だけを考えているわけではなく、積極的に海外進出を目指しているのです」

そこまで聞いて廣瀬はようやく住吉理事長の悩みが理解できた。

「病院買収とジェネリック医薬品の使用はセットで持ち込まれたんですね？」

「すっかりお見通しですね。実はバックに大掛かりなM＆Aがあるようなんです」

「総合商社絡みなのでしょう」

住吉理事長が廣瀬の顔をまじまじと見て言った。

「どうしてそういう結論に達したのですか？」

「今どき、そんな大掛かりなファンドを組むことができるのは国内には数少ないでしょう。ベンチャーキャピタルだってアップアップの状況です。しかも、アメリカと中国を連動させるとなれば、情報力がある総合商社がかかわるしかありません。さらに中国や台湾の財閥が動いたにしても、地方の旅館やホテルを買い取る程度の話ではありませんからね」

「さすがだなあ。私は初めてその話を聞いた時、中国が国家的に動いているのかと勘違いしたくらいだったんですよ」

「米中間はまだそんなに信頼し合っている関係ではありませんよ。特にアメリカやドイツの人権団体は中国とは一線を画しています。中国の臓器移植には、どうしても人権問題が絡んできますからね。そうなると何らかの外圧が日本の総合商社にかかった可能性を考えてしまいます」

住吉理事長は腕組みをして首を傾けた。

「その総合商社はどこだと思いますか？」

「その部門で元気があるのは加藤《かとう》商事くらいでしょうか？」

「メインバンクは？」

「財閥解体によって再編してできた企業グループのメインバンクは第興《だいこう》銀行ですよね。うちのメインバンクとは違うルートが、敢えて話を持ち込んだ……ということですか」

住吉理事長は静かに頷いた。

「こんな事業ができるのはうちしかない、と。うちは医業に特化しており、学校法人を持たないですからね」

「余計なことに首を突っ込まない、無借金経営が狙い目なのでしょうね。理事長の経営手腕を見込んでのことなのでしょうが、やはり何か裏にありそうな気がします」

「そうですか……加藤商事は五指に入る総合商社ですよね」

「はい。今、その分野では一番元気なところかもしれません」

元大日本帝国陸軍参謀が役員に入っていたことでも知られていた。

「小説にもなりましたね。メインバンクが違うという理由から断ってもいい話なんですが、私がやりたいことを見透かされているようで悩んでいたんです」

「回答期限はどのくらいあるのですか」

「一ヵ月くらいで、と言われています」

「できる限りの調査をやってみましょう」

廣瀬は頭を巡らしながら、理事長応接室を後にした。

デスクに戻った瞬間だった。

「当院にご来院の方、ご家族の方にお知らせします。至急お車のご移動をお願いいたします」

スタットコールだ。続報に耳をそばだてる。

「車両は青色、新聞のし、二〇〇一です」

心臓外科病棟の二十階を意味していた。

「コードブルーか……理事長も聞いているな……」

廣瀬は呟きながら、医事課に電話を入れた。

コードブルーは院内患者の容態が急変したことを知らせるスタットコールである。危機管理を監督する廣瀬は、迅速に連携がなされているかどうかの確認を行った。

緊急時の迅速な連携とは、急変患者の発見から主治医への連絡、コードブルーの発動、そして応援を要請し、適切な措置を行うまでを含む。

患者は基本的に主治医が担当するが、急変の際には全身をチェックする必要性があるため、院内の各科の医師らが集まることになっていた。

川崎殿町病院では急変時への対応をする医療チームを結成し、他の病院よりも生存率を高めていた。

「全ては患者安全が第一」

これが住吉理事長と廣瀬の間だけでなく、全職員に徹底された共通認識である。

「患者名と発見者、コードブルーまでの所要時間を教えてください」

「患者名は大越修一郎《おおこししゅういちろう》、七十二歳、発見者はナースステーションにいた植松《うえまつ》医師、コードブルーまでの所要時間は二分〇五秒です」

「大越修一郎……経団連の副会長か……」

電話を切ったところに住吉理事長から電話が入った。

「コードブルーですね」

「患者は大越修一郎氏です」

「そうですか……最悪を想定すると、家族、会社への連絡が必要ですね」

「マスコミ対策も考える必要があります。担当医の照岡医長が医局から向かっていますから、その判断を待ちます」

「廣瀬先生も現場に向かいますか？」

「これから向かいます。理事長には順次報告いたしますので、院内用ＰＨＳをお持ちください」

廣瀬は病棟二十階のナースステーションに着くと、慌ただしく動いているスタッフには声を掛けずに、ナースステーション内にあるモニターで状況を観察することにした。

医長も病室に到着していた。

「これは脳梗塞《のうこうそく》だな……」

医長と脳神経外科の岡本《おかもと》医師の意見が一致していた。

「MRIとオペ室の確保をお願いします」

「緊急外来のオペ室にスタッフを集めます」

心臓外科の照岡医長は実に冷静だった。

五時間の緊急手術の結果、大越修一郎には後遺症が残らないことが確認された。電話で事後報告を受けた住吉理事長は廣瀬に言った。

「自画自賛ではないが『素晴らしい』の一言ですね。よくぞここまでシステムとチームが機能できたと感じています」

廣瀬もこの時の緊急対応の実績を集積して成果を再確認しながら、思わず「素晴らしい」と口に出していた。もちろん、確認会議の席上でもメンバーを高く評価した。

確認会議の一週間後には、コードブルーに関するシミュレーショントレーニングも行われた。

「完璧に機能していてもなお、救急講習が行われるのですね」

見学していた住吉理事長が声をかけた。

「今回は脳梗塞でしたが、心肺停止等の場合にはより迅速に治療や蘇生行動を開始する必要があります。患者はいくつもの病を抱えている場合があることを、全ての病院職員は忘れてはなりません」

廣瀬は医者ではないが、患者の立場に立った危機管理を常に念頭に置いた行動をとっていた。

第七章　横流し

住吉理事長が受けた病院買収とジェネリック医薬品の使用についての調査を廣瀬は進めていた。住吉理事長が「友人の弁護士から」とは言ったが、その弁護士の氏名を明かさなかったことに一抹の疑問を感じていた。

「アメリカの臓器移植を得意としている病院が売りに出されているという情報が入っていないかわかるところはありませんか？」

廣瀬は厚生労働省の国立病院担当参事官に電話を入れていた。

「アメリカ病院協会に確認すればわかるかもしれないけど、ものすごい数の病院があるからね。病院協会の基準を満たしている病院だけで五千五百を超えていて、うちコミュニティ病院が四千八百、そのうち約三千が民間非営利病院なんだよ」

「おそらく病院協会に属していると思うんですが」

「それとなく調べてみよう。臓器移植を行うとすればそれなりにチェックできると思うよ。敬徳会で病院を買う予定でもあるの？」

「総合商社の加藤商事から持ち掛けられているようなんです」

「ほう、加藤商事ですか。あそこは歴史的にアメリカよりも中国と近いんだけどね」

「その中国も含まれているんです」

「中国の医療機関からは何も学ぶものはないと思うけどね」

廣瀬も同意した。

「私もそれを感じてはいるのですが、臓器移植の件数では中国は年間一万件を超えているようですね」

「一万件ね……中国では、臓器がどこから提供されているのか明かされていないのが一番の問題だね」

実際には、中国での臓器移植手術件数は年間数万から十数万件と推計されている。これはノーベル平和賞候補者らによる国際的な調査によるもので、移植に用いられる臓器は強制的に摘出されたもので大量殺人を隠ぺいしている、とまで言われていた。

「死刑囚からだけではないということですか？」

「臓器移植プロジェクトに関与していたある法医学士は、数千人もの人体実験を行い、臓器摘出と移植技術を磨いたとスピーチしているんだ」

「スピーチ？　どこで行われたものなのですか？」

「中国共産党傘下の光華科学技術基金会から賞を受けた際の、感謝のスピーチだったようだね。彼は、臓器へのダメージを最小限に抑えつつ『脳死』状態にさせる研究をしていたそうだ」

「明らかな犯罪行為ですが、中国ではそれが許されているどころか、評価されているのですね」

　そうなると、移植手術件数が十数万件というのもあながち間違いではないのだろう。

「中国衛生部の前副部長は『二〇二〇年には、中国は米国を抜いて世界一の移植大国になる』と語っているよ」

「そうなんでしょうね……何でもかんでもアメリカに勝ちたい一心なんでしょう」

　廣瀬はいまや、加藤商事が持ち込んできた病院買収の背景に、臓器売買のシンジケートの存在をはっきりと認識していた。

「臓器売買のシンジケートが日本にもあると思いますか？」

「ないね、かつて学生の政治運動グループが渋谷の街宣でこの手の発言をして撤回した経緯があったでしょう」

「一年で解散した団体ですね。彼らと一緒に行動したことで、最大野党が壊滅への道を歩き始めたと言われていましたからね」

この発言訂正問題は「渋谷街宣において、登壇者から、日本の貧困問題に関連して臓器売買等に言及する発言がありましたが、これは誤りでした。当人は、あるシンポジウムで出た話を勘違いしてしまい、事実確認をせずに発言してしまったとのことです。関連ツイートを削除し、謝罪いたします」というもので、一時期、物議をかもした案件だった。

廣瀬は通話を終えると、続いて警視庁公安部に電話を入れた。

「栗山《くりやま》参事官、ご無沙汰しております」

「おう、廣瀬ちゃんか。相変わらずいろんなところでご活躍のようだね」

「雑務に追われています。ところで参事官、総合商社の加藤商事に最近変な動きはないでしょうか」

「加藤商事か……ベスト5にとどまっていたが、最近はトップ3入りを狙って様々な分野に手を広げている話は聞いているけど……何かあったの？」

「医療関係に進出しているとの噂があるんですが……」

「医療関係ね……」

栗山参事官が言葉を濁したのを廣瀬は敏感に感じ取り、あえて違う面から探りを入れてみた。

「医療関係と言っても幅が広いのですが、例えばジェネリック医薬品の関係ではどうでしょうか？」

「廣瀬ちゃん、何か知っているんじゃないの？」

栗山参事官の反応は明らかだった。廣瀬は頭をフル回転させて、次の言葉を探した。

「中国や北朝鮮で何か起こっていませんか？」

「廣瀬ちゃん。もしかして大手調剤薬局チェーンのユーメイ薬局のことを言っているの？」

廣瀬にとって初めて聞く調剤薬局の名前だった。

「いえ、調剤薬局ではなくジェネリック医薬品の製薬会社なのですが……」

「そうか……そっちのほうか……」

「そっちのほうというと、大手調剤薬局とジェネリック医薬品の製薬会社の間で、中国、北朝鮮との問題があるということなんですね」

「なんだか探りを入れられて、ポロッと喋った出来の悪い捜査官のようだったな」

「とんでもない。うちの病院が中国と北朝鮮からサイバー攻撃を受けているんです」

「何だって？」

「それにジェネリック医薬品の関係があるのではないかと思い、ご相談をしたかったのです」

「医療法人ではなく川崎の病院が直撃されているの？」

「はい」

中国は人民解放軍の海南島基地の陸水信号部隊、北朝鮮は人民武力省偵察総局からの攻撃であることを説明した。

「どちらも国家プロジェクトとしてサイバー攻撃をしている拠点だよ。川崎の病院に何があったの？」

「それが全くわからないのです。ジェネリック医薬品の関係と言っても推測の一つに過ぎないのですが、先ほど申しました加藤商事が導入を進めているということだったのです」

「加藤商事が……おそらく、それは加藤商事の関連会社だろうと思うんだが、うちも現在捜査中の案件なので詳細は伝えることはできないんだ。ただ、サイバー攻撃が行われるということは、重要な鍵を川崎の病院が握っているのかもしれない。身近で何か思いがけない事件とか事故が起こっていないかな」

「サイバー攻撃の前で……」

ジェネリック医薬品の製薬会社、淀河製薬から金を受け取っていた藤田幹夫医師が頭に浮かんだ。

「ジェネリック医薬品の製薬会社の大手、淀河製薬はどうなのでしょうか？」

「直球をど真ん中に投げ込んできたな」

「ストライクですか？」

「淀河製薬に関しては悪い噂もあるんだよ」

「悪い噂ですか？」

「廣瀬ちゃんはユーメイ薬局を知らないようだったけれど、ここの創始者は在日朝鮮人でね……今や国内で三百店舗以上を展開しているんだ」

「三百店舗ですか。規模がよくわかりませんが、全国のランキング的にはどうなんですか？」

「大手調剤薬局チェーンの調剤事業売上高ランキングでは今年の夏時点で十指に入っているよ。これは各社の公式サイトや転職・就職サイトに掲載されていた会社情報を元に、ある業界紙が報告しているものなんだけどね」

「最大手はどれくらいの規模なのですか？」

「年商二千億円を超え、店舗数も一千を超えているよ」

「医療の世界も長くなったと思っていても、薬業となると、全くの素人のようで、恥ずかしい次第です」

廣瀬は頭をかいた。

「私も、実家の病院が院外薬局を作った際に勉強したんだけどね」

「参事官のご実家は北海道の札幌でしたよね」

「そう。実は大手調剤薬局チェーンの調剤事業売上高ランキングトップは札幌に本社を置いているので、私も懸命に調べたんだよ。大手調剤薬局チェーンの中には事業内容として調剤薬局、ドラッグストアの経営の他にジェネリック医薬品の卸売販売、化粧品の販売等と掲げているところも多いからね」

「そういう事業が成り立つのですね」

「ジェネリック医薬品卸売業向けに特化した販売管理システムを作っている会社もあるほど、現在、ジェネリック医薬品の普及は進んでいるんだ。そしてそこの管理システムでは、先発品との対比、薬価への対応等もチェックできるようになっているんだよ」

　栗山参事官は確かによく学習をしていた。参事官はさらに続けた。

「総医療費約四十兆円のうち薬剤費が占める割合は約二〇パーセントの約八兆円という産業になっているんだ。急激に進む高齢化によって医療費はどんどん増え、日本の医療保険制度は財政的に厳しい状態になっている。これをどうにか減らすことはできないかというのが国の方針となっていることは明らかなんだよね」

「そこで、注目されているのがジェネリック医薬品ということですね」

「ジェネリック医薬品の普及は、アメリカ合衆国、ドイツ、イギリス、フランスなどの各先進国で進んでいることは廣瀬ちゃんも知っていると思う」

　普及率はアメリカで九〇パーセントを超え、ドイツ、イギリス、フランスでも六〇～八〇パーセントに及ぶ。日本での普及率も、七〇パーセントを超えるようになってきていた。

「少子高齢化が進んだことで、社会保障費の中でも特に医療費抑制のため、厚生労働省の主導で、ジェネリック医薬品の普及が進められるようになったわけですからね。ただ、一口に欧米といっても、医療保険制度が全く違うし、欧米のジェネリック医薬品の使用率を全て安全性が担保されていると置き換えるのは無理があるのではないですか？」

「それは確かにあるね。安定供給が困難なジェネリック医薬品会社の問題のほか、材料や製造法が先発品と完全には一致しない現実があるのは確かだ」

加えて、糖衣錠の場合など、薬品のコーティング状況等から、必ずしも先発薬品と同等の効果があるとは言えず、安全性の面でも信頼できないと主張する医師や薬剤師らがいることも事実だった。

「参事官はどう考えていらっしゃるのですか？」

「先発医薬品の特許権の存続期間は原則、出願日から二十年で満了することは知っているよね。しかし、先発医薬品の創薬には三百億円を超えると言われる多額の費用と、十年から十五年はかかると言われる長い時間が必要なんだ」

栗山参事官の力説に廣瀬も思わず頷いて答えた。

「でしょうね。開発の試行錯誤が最終的に創薬となるわけですからね」

「だから、企業は先発医薬品の化学構造や製造方法等の特許権を取得し、それを製造、販売することで投資した費用の回収を図る。そうして得た利益を新たに研究開発費とするわけだ。さらに、先発企業は特許権の存続期間を延長したり、新たな効能や効能以外の付加価値を付けて、後発企業に対抗している。これほど高度な知的財産権は他に類を見ないのではないだろうか」

「するとジェネリック医薬品の限界も考えているわけですね」

「特許制度が欧米と異なる国では、特許を無視したジェネリック医薬品が大量に生産されている現実もあるからね。確かに途上国やアフリカ諸国のように、このような薬をあてにしているところもあるわけで、そこに国連が乗り込んでくると『特別な配慮』という、きれいごとで誤魔化されてしまう」

「アフリカ諸国の発展は地球規模の問題ではありますが、これが及ぼす食料問題や環境問題は、中国、インド両国の問題と一致するんですよね」

「そのとおりだ。アフリカで最も利益を上げているのは中国で、アフリカ諸国を利する様々な『思いやり』は、そのまま中国を利することに他ならない。これを邪魔する勢力に対してはあらゆる手段を使って妨害を行うわけだな」

　話が大きく逸れたところで、廣瀬は笑いながら言った。

「参事官がうちの病院が進めようとしている対中国人富裕層の健康診断と緊急手術等の施策を快く思っていらっしゃらないことは存じております。その件はまた後日お話しいたしましょう」

「北海道人の中にも反ロシア、反中国は多いんだよ。私の父は札幌で医者をやっていた関係で、ロシア人への人道支援でも嫌な目にあっているからね」

「私の父もシベリア抑留組で、当時満州で仕事をしていた祖父のところに行っていた学生だったのですが、一面識もない中国人によってロシア兵に差し出された結果だったようです。父が帰国できたのは昭和二十八年の帰国組で赤旗部隊と呼ばれたようです」

「ご苦労なさったんだね。お気持ちを察することさえできないが、ロシアに対しては未だに友好という言葉は私も浮かばないよ」

廣瀬は礼を言うと、ユーメイ薬局に話を戻した。

「ユーメイ薬局と淀河製薬は裏で繋がっているそうなんだ。ユーメイ薬局にキックバックされた医薬品の多くが北朝鮮に流れているという案件を、実は今捜査している最中なんだよ。北朝鮮の病院で使用されている薬の多くが淀河製薬のジェネリック医薬品だという話だ。その仲介をしていたのが当時帝都大病院にいた内臓外科の医師だったそうで、彼は今、中国で仕事をしているようなんだ」

「それは事実なんですか？」

「そこに加藤商事の関連会社がかかわっている。何といっても加藤商事の中国における許認可業務への入り込み方は、あの会社らしい長い歴史が物語っているからね」

「先ほど、帝都大病院の内臓外科医の話が出ましたが、うちの病院を辞めてもらった医師も帝都大病院の内臓外科出身だったのです。しかも、この医師は指定暴力団麦島組の顧問病院となっている横浜中央医療センターと深く繋がっていたのです」

「麦島組の顧問病院？　初めて聞く話だ。しかも横浜中央医療センターは今回の捜査対象にもなっているんだよ」

「容疑は何なのですか？」

「外為法違反だ。故意に輸出インボイスの品名を改ざんし、外国為替及び外国貿易法の規制品目に該当する『熱交換器及び部分品』八件十基をベトナム向けに、経済産業大臣の許可を受けずに輸出したんだ」

　さらに非該当と偽り「熱交換器」四基を中国向けに、「硫化ナトリウム（硫化ソーダ）九水和物」一キログラムを香港向けに、該非判定することなく、経済産業大臣の許可を受けずに輸出したという。それに加えて規制対象技術である「振動試験装置の制御用プログラム」を、経済産業大臣の許可を受けることなく違法に中国等向けにも提供していた。

「病院と直接関係がないものですよね」

「医療用機器として送っていたようだな」

「中国や香港向けということですが、それは何か別のものに転用できるものなのでしょうね」

「経済産業省の所管にかかわるものだから、専門分野の者にしかわからないものだな。ただし、横浜中央医療センターが組織的に中国やその周辺諸国とのパイプを活用して、向こうから求められるものを言いなりになって送っていただけなのか、ということだな」

「一方通行のはずはありませんよね」

「そこなんだ。インボイスを調べた結果、逆に向こうからこちらに向けて漢方薬原料や漢方薬、加工用機器を送っていたんだが、その中身の裏付けが取れていないんだ」

「大麻やアヘン、覚醒剤等の密輸ルートになっていたのかもしれませんね」

「おそらく、そのあたりだろうな。特に機器関係は重量も大きかったんだが、最終的な中身の確認が取れていないんだ。しかも横浜中央医療センターには、現在は野党だが、当時の与党の国会議員が絡んでいたんだ」

「誰ですか？」

「かつて官房長官も務めた男だよ」

廣瀬にはすぐある男の顔が浮かんだ。

「木原幸次《きはらこうじ》ですか？」

「よくわかるな。どうして木原だと思ったんだ？」

「木原は北朝鮮シンパの議員で、麦島組の中に北朝鮮系の組員が増えた時期に、奴らが経営していたパチンコ屋と焼き肉屋の事業組合から裏献金を受け取っていたんです」

「それは事件化しなかったのか？」

「当時は政権交代の狭間で、奴は与野党間の調整役でしたからね……」

東日本大震災前後の政治的混乱期だったのも影響した。沖縄の基地移転問題に関しても、地元の基地の地主組合から多額の献金を受けていたとされる。

「手出しができなかったということか？」

「国家公安委員会委員長が一番の敵だった頃ですから、どうにもならない時期でした」

「相変わらず正確な言葉を使うね」

栗山参事官が苦笑した。

国家公安委員会委員長は、警察法第六条により国務大臣をもって充てられる。「委員会委員長」が正式職名であり、一般的な呼称の「国家公安委員長」は略称である。

国家公安委員会は下位組織として警察庁を管理するが、委員長は主任の大臣ではない。

「廣瀬ちゃんは歴代の国家公安委員会委員長とも仲が良かったんじゃないの？」

「自治大臣と兼務していた時代が長かったですから、その頃の何人かはお付き合いしていましたが、同期生が秘書官に就いたのを最後に接点を持っていませんね」

「政権交代が繰り返されて、現野党が政権を取っている時代には、いろいろ問題もあったからね」

「政治と行政の勉強をしていない国会議員が多すぎましたね。国家公安委員会委員長が警察庁長官の頭越しに捜査指揮をしようとしたこともありましたからね。本当に馬鹿げた時代でした」

「その頃の木原は極左が支持母体だったわけでしょう？」

「いまだにそうですが、現在も唯一、頑強な組織を保っている極左暴力集団ですからね。極左暴力集団と反社会的勢力、海外マフィアの中を泳ぎ回ることができるのはある種の才能ですけどね」

「諸悪の根源であっても、頭の切れはいいということだな。その中で横浜中央医療センターという存在が重要な役割の一つを担っていたのだろう……」

「反社会的勢力が病院を持つことは、合法的な殺害行為が行われることにもなるわけですが、精神科を持つと拉致監禁もまた合法的にできますからね」

「最高の裏稼業か……」

「それだけに捜査も極めて慎重に行わなければ、世論だけでなく、マスコミも敵に回してしまいますよ」

「マスコミか……報道の自由を声高に言う割には、スポンサーという裏の権力に弱いからな……」

「さらに言えば、芸能界のそうした裏側により一層弱いのがテレビ、ラジオといった、マスコミの中でも看板の分野でしょう。役者を引き上げられたら終わりですからね」

「そういう芸能ヤクザの存在は日本でも皆無ではないからな……興行の世界にはアメリカでもマフィアが仕切っている時代があったのは確かだ。『ゴッドファーザー』でもその一端を示していたからな。さて、横浜中央医療センターをどう料理するか……」

「ジェネリック医薬品の製薬会社の淀河製薬と、大手調剤薬局チェーンのユーメイ薬局に、横浜中央医療センター、三《み》つ巴《どもえ》の構図が明らかになればいいのですね」

廣瀬が言うと、栗山参事官が思い出したように言った。

「そう言えば廣瀬ちゃんが現職時代に公安部で革命政党の関連病院の不正を摘発したことがあったよな」

「優生保護法、いまの母体保護法違反事件ですね」

起訴後に法律の名前が変わったので、記憶に残っていた。

「母体保護法か……いまだにピンとこない法律名だけどな」

「目的が『不妊手術及び人工妊娠中絶に関する事項を定めること等により、母性の生命健康を保護すること』ですからね」

「しかし、不妊手術及び人工妊娠中絶の比率はどうなんだろう」

「うちの病院では比較的前者が多いようです。しかし、後者を選ばざるを得ない女性も多くいます」

「現在でも指定医師が人工妊娠中絶を行っているのだろう？」

「人工妊娠中絶に関して、法律上では二つの要件しかありません」

一つは「妊娠の継続又は分娩が身体的又は経済的理由により母体の健康を著しく害するおそれのあるもの」。もう一つが「暴行若しくは脅迫によつて又は抵抗若しくは拒絶することができない間に姦淫されて妊娠したもの」だ。ただ、この「経済的理由」の経済的条件が広く解釈されているために、事実上自由に人工妊娠中絶が行われているという事実がある。このため、生活保護受給などを理由としても人工妊娠中絶が行われている。

「数字的にはどうなの？」

「あくまでも届けられた数ですので、実数との乖離《かいり》はあるかもしれませんが、一九五五年に約百十七万件だったものが、二〇一三年には約十八万件に減少しています」

「廣瀬ちゃんは、その減少の数をどう思うよ」

「人工妊娠中絶の際に使用する全身麻酔薬の生産がそこまで激減したか……といえば、そうでもないです。特に有名な全身麻酔薬の総称『ラボナール』は一般名を『チオペンタールナトリウム』と言いますが、この薬品の裏取りがよく行われていました」

チオペンタールはオウム事件において、教団内で自白剤として用いられたことで有名になったが、この薬にその作用は認められていない。アメリカでは意識をなくす薬物として死刑執行時に用いられていたが、二〇〇九年に製造中止に至り、現在では一般的には入手困難となっている。

「裏取引？」

「大阪の船場《せんば》や神田の鍛冶町《かじちょう》に多くあった現金問屋に流れるんです」

「いわゆる薬の横流しルートだな？」

「私たちが革命政党系の病院を摘発した際にも、神田の現金問屋が絡んでいました。現金商売ですので領収書に薬品名の記載がありませんでした。病院ではカルテも残さず、医薬品の在庫管理にも現金問屋で買い求めた薬品は載せません。だから、結果的に堕胎者の詳細な供述を取り、現金問屋で買い取りをした薬品の流れを摑むしかないのです」

「大変な捜査だったんだね」

「相手が革命政党ですから内部協力者が全くいませんでしたからね」

「今回、誰か協力してくれる人物がいないか、現場も懸命に探しているようなんだ。廣瀬ちゃんも協力してよ」

栗山参事官から依頼を受けた廣瀬は「一旦預からせてもらいます」と答えて電話を切った。思わぬ呟きが口からこぼれる。

「公安部も弱くなったな……」

廣瀬がユーメイ薬局の内部調査を始めようとした矢先、四井十字製薬のＭＲ、阿部智子から電話が入った。

「廣瀬先生、ご無沙汰しております。その後、川崎殿町病院様からオーダーをいただくことができるようになりました」

「それはよかった。僕も少しは渋谷さんのお役に立ててよかったと思っていますよ。今日は何か用事ですか？」

「先日、患者さんの情報共有を、看護師さんやケアマネさんだけでなく、医師や薬剤師の方々とも上手くできるよう、ＭＲが架け橋となり、サポートすることができるのではないかというご提案をさせていただいたのです。そうしたら、川崎殿町病院の地域包括ケアシステムを促進させるアドバイザーとしての仕事をいただきました。結果的に医師や薬剤師との面会だけでなく、看護師さん、ケアマネさん、介護士さん等と合同訓練をすることになったんです」

明日の午後一時に来院するので、連絡を入れたという。

「ほう。それは心強いね。うちの病院は全国の医療機関からセカンドオピニオンとしての地位を築いていますが、地域との関係も大事ですからね」

「継続的に、いいご提案ができればいいと思っています。明日、少しでも結構ですのでお時間をいただくことは可能でしょうか？」

「午後三時からでよければ二十分くらいの時間を空けますよ」

「ありがとうございます。よろしくお願いいたします」

「あ、阿部さん、いただいた電話で申し訳ないんだけど、阿部さんの知り合いで、大手調剤薬局チェーンのユーメイ薬局かジェネリック医薬品の製薬会社の淀河製薬に知り合いはいないかな？」

「両方とも、業界ではいろいろと問題を抱えているところとして有名ですよね」

智子が声を潜めた。

「そうなんだ……何か聞いているの？」

「ユーメイ薬局さんは製薬会社に大量のサンプル品を要求することで知られています。また淀河製薬さんは以前にも高級車のレクサスとの抱き合わせ販売の件でお話ししたかと思いますが、相変わらず医師に対する強引な営業で知られています」

「サンプル品と強引な営業か……」

「サンプル品といっても、院内で使用する場合には薬価点数を付与できます。またサンプル品の中には裏に『サンプル』という文言を入れていないものもありますので、これを院内処方すれば、通常の薬品同様にレセプト請求できます」

「タダでもらって金に変える手口か……えげつないね」

「ユーメイ薬局さんは、この裏書きがないサンプルを販売しています」

「どうしてそれがわかったの？」

「うちの場合には全ての薬品に秘匿のロットナンバーを振っているのです。これにある光線を当てると、その文字が浮かび上がる仕組みになっているのです」

一時期、中国で模造薬が大量に生産されたことがあり、その対策を兼ねて作られたシステムだ。

「定期的にチェックしているわけか……」

「はい。特にサンプル品に関しては、注意して見ないとわからないような細かな細工があるので、何らかの形で偶然にこの光線を当てたとしても、専門官しかわからないのです」

「製薬会社もいろいろ大変だね」

「企業間競争も大変ですが、偽物で被害を負うほうがもっと大変なことなんです」

「企業の信用にもかかわるからね」

廣瀬は製薬会社の苦労を改めて理解した。そしてもう一つの疑問を訊ねた。

「先ほども阿部さんが言ったけど、淀河製薬の強引な営業に関しては以前、レクサスとの抱き合わせ販売のことを聞きましたよね。他に何か気になるブラック情報はないかな？」

「競合他社のことをあれこれ言うのはMRとしてはよくないことなのですが、廣瀬さんにはお会いした時にお伝えしますね」

翌日の午後三時に阿部智子が廣瀬の部屋の扉をノックした。

「当院のアドバイザーとして、問題と感じたことはありませんでしたか？」

廣瀬は智子を部屋に招き入れながら本題を訊ねた。

「川崎殿町病院さんは地域との関係が希薄であることが最大のネックかと思いました。でも、それはこの病院の立ち位置を考えれば至極当然のことで、神奈川県北東部に位置する総合病院の中で、羽田空港という重要な交通拠点を抱える立場としては仕方がないのかもしれません」

「当院の多くの医師が産業医として、この地域の企業との良好な人間関係を築いていることは、ある意味で特殊な地域包括ケアシステムが形成されているのではないかと考えています」

「そうですね。地域包括ケアシステムというのは近隣住民だけでなく、周囲の環境に応じた包括的なものですから、空港だけでなく、近隣の企業従業員に対するケアシステムと考えればいいのかもしれません」

川崎殿町病院の半径二キロメートル圏内に居住する人口は極めて少ないにもかかわらず、昼間人口は神奈川県でも有数の過多状況にある。

「どこかの知事ではありませんが、近隣住民を排除しているわけではありませんし、救急搬送の受け入れも、この地域の特性に応じた対応をしているつもりです」

「その点では弊社も川崎殿町病院さんを高く評価しています」

「ありがたいことだと思います。ところで、昨日、電話でお話ししたように、ジェネリック医薬品の製薬会社の淀河製薬の問題点を伺いたいのですが」

廣瀬の言葉に智子は頷くと、バッグから資料を取り出した。

「ジェネリック医薬品製薬会社の経営陣に共通する感覚だろうと思うのですが、彼らの最大の懸念は、先発企業が特許の延長を図ることなのです」

「それはアメリカでも多いようですね」

「ジェネリック医薬品の製薬会社は特許期限が切れる有効成分に関しては時効になる前から生産準備を始めます。もちろん特許延長に関する情報は最優先で調査をしているのですが、先発企業にしてみれば、先発薬品の開発に要した時間と資金と人件費を考えれば、そんなに早く手放してたまるか、という考えもあるのが当然ですからね。

そこで淀河製薬は、特許を持っている薬品の開発者や、新薬の開発チームに残っていた医者、つまりメディカルドクターをもターゲットにするのです」

「ヘッドハンティングという意味でもないわけですね。でも、特許期限が切れない限り、ジェネリック医薬品を作ることはできないのではないですか？」

「ジェネリック医薬品と一口に言っても、売れる薬とそうでないものははっきりしています。新薬として売れている薬の中から特許期限が切れそうな薬を選んで、いち早くジェネリック医薬品としての生産準備をしておくことも大切なんです。成分分析や糖衣錠など薬の形状等も、少しでも早く新薬に近い段階まで持っていっておいて、特許が切れた段階ですぐに申請するんです。同じジェネリック医薬品でも一番手と二番手では医師や薬剤師の意識も違いますからね。さらに淀河製薬の強いところは、中堅規模の新薬製造薬品会社を工場と従業員ごと買収するという手法を取ったことも大きいのです」

「従業員ごと買収ですか」

「地元の雇用安定を図るという名目で補助金も手にしているんです。おそらく、力がある政治家が絡んだのでしょうが、先発の薬品と全く同じ生産ラインを手にすることで、先発と同様のジェネリック医薬品ができるのですからね。これは強いです」

智子の言うことに廣瀬はいちいち納得していた。

「淀河製薬の中に親しい人はいませんか？」

「つい最近辞めたＭＲがいますが、田舎に帰ってしまいました」

「田舎に帰った？　どうしてです？」

「彼とは、大学で同じゼミでした。就職活動も一緒にしていて、彼は結果的に淀河製薬に入ったのです」

「第一志望ではなかったということですか？」

「はい、製薬会社の最大手を志望していましたが、最終役員面接でダメだったんです。淀河製薬は積極的に彼にアプローチをかけたみたいで、給与も私よりよかったようです」

「すると、入社五年目で辞めたということですね」

「優秀な人材だったはずなんですが、淀河製薬の強引なやり方に悩んでいたのは確かですね。辞める直前に悩みを聞かされましたから……」

「強引なやり方というのは？」

「彼は正義感の強い人でしたし、お父さんが消防だったか、公務員だったので、間違ったことをしたくないとよく言っていました」

「彼の田舎はどこなんですか？」

「石川県だったと思います。金沢とかの都会ではなくて田舎町だと」

「話を聞くことができるかな？」

「聞いてみましょうか？」

二日後、智子から電話が入った。

「先日、淀河製薬を辞めた友人の件なんですが、昨夜、連絡がついて本人が話をしてもいいということでした」

「ありがとうございます。何か聞きましたか？」

「大手調剤薬局と組んだ、薬の違法な横流しをしていると言っていました」

「それは、ユーメイ薬局ではなかった？」

「私もその名前を出してみたのですが、言葉を濁していました。でも、廣瀬先生の話をして、私の上司のことも話したら、知っていることは何でも話す、と言っていました。気が変わらないうちに当たったほうがいいと思って、ご連絡しました」

廣瀬は智子の友人である、元淀河製薬のＭＲ・常光良彦《つねみつよしひこ》の連絡先を聞くと、すぐに会って話を聞く約束を取った。

それから三日後、常光良彦は川崎殿町病院の第二応接室にやってきた。交通費と三日間の日当を出すことで、廣瀬が半ば強引に呼び寄せたのだ。

「まだ引っ越し荷物を解いていない中、申し訳なかったね」

「私もこれから就活をしなければなりませんから、当面の衣服とパソコンだけあればいいと思って、そのままにしているだけです。地元に就職先はありませんから」

「そうでしたか……常光さんも経済学部出身なんですね。やはり薬関係でのお仕事を希望されていらっしゃるのですか？」

「MRも最近は経済学部出身者が増えています。むしろ当然のことかと思っています。ただ、私も五年間、この世界に首を突っ込んで様々な医療現場を見てきました。できれば人の役に立つような仕事をしたいと思っています」

「失礼ながらお父様は公務員だそうですね」

「父は一昨年他界しました。父は公安調査庁勤務で、私が生まれた頃から海外赴任をしておりました」

廣瀬はハッとした。公安調査庁で海外赴任をするのは、キャリアに違いないからだった。

公安調査庁は法務省の外局である。法務省の中でも公安調査庁と警察庁との人事交流は現在もなお行われているものの、個人的に付き合いがある公安調査庁職員以外の人事までは調べていなかった。ましてや公安調査庁キャリア退職者の訃報までは知る由もなかった。

「公安調査庁でしたか……大変なお仕事でしたね。転勤も多かったのではないですか？」

「中学までは転校の連続でしたが、私が高校に入ってから、父が法務省勤務になったので、父の実家がある石川県に引っ込みました」

「お父様は現職中にお亡くなりになったのですか？」

「いえ、私は両親が少々歳をとってからの子どもだったので、退職二年目に亡くなりました」

「お亡くなりになったお父様の仕事内容はご存じでしたか？」

「父は仕事のことをほとんど話しませんでしたし、母は私よりもっと知らなかったのだろうと思います。ただ母は父の最初の海外赴任先のレニングラードに一緒について行って、そこで私が生まれそうになったので、母だけ帰国して私を産んだと聞いています。私の誕生日はクリスマスの日なので、まさにソビエト連邦が崩壊した日です」

ともすれば常光は、ソビエト連邦とロシア連邦の両方の国籍を持つことができたかもしれない。

「平成三年生まれか……レニングラードもサンクトペテルブルクと名前が変わった年ですね」

「でも、州名は従来どおりレニングラード州のようですね」

「ほう。よくご存じですね」

「父の遺言で、父の遺骨の一部はサンクトペテルブルクのある場所に散骨したのです」

あえて廣瀬は詳細を訊ねなかった。

「サンクトペテルブルクはロシア第二の都市ながら、ロシア帝国の首都という歴史的経緯や地理的要因からモスクワとは違った文化や風土を維持した、独特の空気がありますからね」

「廣瀬さんは行かれたことがあるのですか？」

「一度だけですが、モスクワから電車で行きました。エルミタージュ美術館をはじめとして、いい所だったと思い出に残っています」

「私もエルミタージュ美術館にはまいりました。夜の金色に輝くライトアップもよかったです」

「ウラジーミル・プーチンは、ロシア革命以降初めてトップに登り詰めたサンクトペテルブルク出身者ですね。サミットの開催地にもなりましたし、再び注目されていますね」

「サンクトペテルブルクは政治とは切り離してみるべき都市ではありますが、プーチンが長期政権を築いている間はしかたないのでしょうね。ところで、今日は淀河製薬の業務についてのお訊ねですよね」

「前置きが長くなって申し訳ありません。常光さんのお人柄や、お父様のことを伺って、つい身近に感じてしまいました」

「ありがとうございます。淀河製薬ははっきり言ってブラック企業の一つだと思っています。これは労働条件だけでなく、やっていることが国のためになっていないような気がして私は辞めたのですが……」

「国のためになっていない……というのは具体的にはどういうことなのですか？」

「北朝鮮の病院で使われている薬の半分近くは淀河製薬の薬だと言われています」

「半分もあるのですか？」

「ジェネリック医薬品であっても日本製は北朝鮮の医師からも信頼されているようです」

北朝鮮の医師のほとんどはロシアか中国で学ぶが、朝鮮労働党幹部が行く病院ではフランス、ドイツ、日本で学んだ医者が半数以上を占めているということが原因にあるようだ。

「淀河製薬はどういうルートで北朝鮮に薬を送っているのですか？」

「東京都内に北朝鮮系の病院があるのをご存じですか？」

「足立区にある北千住人民病院ですね。平壌《ピョンヤン》にあるその病院の創立者の資金提供により設立された総合病院とは、姉妹病院になっていますよね。平壌の病院のすごいところは、十六階建ての三棟とアイソトープ治療病棟のほか、動物実験棟の計五棟でできているところなんです。千葉県の鵜原《うばら》にある保養施設のほか、薬草園も保有しています」

「さすが、元公安ですね」

「相手はならず者国家ですからね」

「そのならず者相手に商売をして利益を上げているのです」

「その方法はどんなやり方なのですか？」

「以前は帝都大病院の内臓外科の教授が窓口になって、ここに大量のサンプルを送っていました。さらに別注の薬品を送るのですが、これにもおまけがつきます。大量のサンプルとおまけは大手調剤薬局のユーメイ薬局が買い取るのです」

「タダで貰ったモノが金に変わるわけですね」

「そうです。淀河製薬は販促用のサンプルとおまけは生産係数に入れていませんし、通常販売の薬とは全く区別をしていませんから、何とでもなる形です」

「ユーメイ薬局は買い取ったサンプルをどのように使うのですか？」

「これを横浜にある横浜中央医療センターに薬価の半額で売るのです」

「半額ですか……」

「横浜中央医療センターはさらにこれを神田にある現金問屋の協成《きょうせい》薬局に売ります。ただし価格は知りません。協成薬局はこれを北千住人民病院に売るのです。協成薬局は北千住人民病院が実質的に経営しているので、薬の売買では利益の二重取りをしている形になっています」

「常光さんはどうやってその薬の流れを摑んだのですか？」

「ある医師から、北朝鮮の病院で淀河製薬の薬が大量に使用されている旨の連絡を受けたのです。当時は一部のサンプル薬品にロットナンバーを付けていた時期だったので、これを端緒に調査した結果でした」

「ロットナンバーだけでわかるものなのですか？」

「帝都大病院の教授に渡していた薬の箱内にＧＰＳ発信機を取り付けたのです」

「どういう形で取り付けたのですか？」

「基板を箱の底に張り付け、電源を薄い段ボールの隙間に入れてつなぐだけの簡単なものです」

中国や北朝鮮では様々なジェネリック医薬品の他に、偽薬も多い。そのため、日本製の薬の箱も大事な商品の一部になるからだという。

「ＧＰＳ発信機は常光さんご自身で作られたのですか？」

「使い捨て用のＧＰＳ基板は秋葉原に行けば安く売っていますから、ある程度の知識があれば簡単にできますよ」

「ある程度の知識、というのが難しいのではないですか？」

「私の場合、父親が趣味なのか実益なのかわかりませんでしたが、そういう技術が得意だったのです。私が子どもの頃にはまだ父がアマチュア無線をやっていましたから、そのお仲間もよくうちに来られていました」

「アマチュア無線か……本格的だったのでしょうね」

「父は凝り性でしたから、シャックとかいう小部屋を作って基地局にしていましたし、珍しいＱＳＬカードをお仲間に見せて喜んでいましたよ。父もお仲間同様、この収集を楽しみにしていました。また、北朝鮮から流れてくる秘密電波を乱数表で解析していたこともありました」

アマチュア無線家は交信の証明として、交信相手にＱＳＬカードを発行する。交信証明書とも呼ばれている。

「それは職業気質だったのかもしれませんね。そういうお父様の姿を見て、どう思われていましたか？」

「北朝鮮による拉致問題は私が中学生の頃には社会問題になっていましたし、父親の仕事も何となくわかっていましたから、尊敬とまではいきませんでしたが理解はしていました」

「お父様はキャリア官僚だったわけですよね」

「一応そうだったようですが、法務省の場合には司法試験に合格していなければ、いい役職には就けないと言っていました。その中で公安調査庁だけはやりがいがあったらしく、公安調査庁の内部部局の部長で退官しました」

「本局の部長ならトップクラスですね……」

「退職後、天下りはしませんでしたが、自由になったわずか二年間を、母と一緒に楽しんでいたようでした」

「そうでしたか……」

廣瀬は常光が愛情豊かに育てられ、なおかつ父親ゆずりの正義感を持ち続けていることを微笑ましく思った。

「ところで、北朝鮮に薬が流れていることを知って、常光さんはどうしたのですか？」

「上司の部長に相談しました。しかし部長は、薬が人種や国籍に関係なく人の命を救うことになれば、それでいい、という考えでした。むしろ、他の製薬会社のものではなく自社の薬が選ばれていたことを喜んでいるようでもありました」

「それが淀河製薬を辞めた理由ですか？」

「そうです。薬屋である前に日本人ですから、今の北朝鮮のならず者を救うための薬を裏ルートまで使って販売することに嫌気がさしました」

「常光さん。警察の捜査に協力していただくことはできますか？」

「もちろんです。喜んで協力します」

常光良彦の警察への協力は、一気に捜査の進展につながった。

元帝都大病院の医師は国家公務員在任中の収賄が特定され、贈賄側のジェネリック医薬品製薬会社大手の淀河製薬のトップにまで波及した。さらに大手調剤薬局チェーンのユーメイ薬局創業者で在日朝鮮人の金秀和《きんひでかず》を所得税法違反の疑いで家宅捜索し、同容疑で逮捕した。金秀和は売り上げを過少申告し、所得税約二億九千万円を脱税した容疑で国税局が査察を行った。また金秀和が、かつて在日本朝鮮人総連合会千葉本部の幹部を務めていた時期に、北朝鮮に送金していた事実が明らかになり、東京地検特捜部が捜査に入った。

「廣瀬ちゃん。いい人物を紹介してもらったよ。常光氏の父上は東京地検特捜部長とも親しかったらしく、彼の将来も考えてしかるべき企業に推薦したい旨を内々に伝えてきたよ」

電話越しの栗山参事官の声が弾んでいた。

「そうでしたか。うちで雇ってもいいかな、とも思ったんですけどね」

「その件は特捜部長に伝えておくよ。それから、今回は組対四課とも合同捜査をやっているんだけど、横浜中央医療センターと麦島組との関係で、面白い事実が出てきたんだ」

「ほう。どういう事実ですか？」

「以前、廣瀬ちゃんのところに入院していて、退院直後に殺された麦島組関係者がいたでしょう？」

「麦島組系列の三和会幹部、古川原武士ですね」

「あいつが殺された原因の一つが、横浜中央医療センターと麦島組との関係を喋ったことだったようだよ」

「それはうちの職員に、ということですか？」

廣瀬の声が強張った。

「川崎殿町病院に神奈川県警の組対あがりの職員がいるだろう？」

「院内刑事でいますが……」

「彼が、古川原が麦島組と横浜中央医療センターとの関係について喋ったことを、麦島組幹部の友永にチクったそうだよ」

「えっ……」

警察ＯＢとしてあってはならないことが、自分の部下によって行われ、しかもそれが殺人事件の原因になったことに、廣瀬はショックを隠し切れなかった。

「もっとも、殺された古川原が組の金をちょろまかしていたことが、最大の原因だったそうだけどね」

「そうだったのですか……」

横山の安易な一言が殺害の主因でなくても遠因にある。廣瀬の気持ちは収まらなかった。

すると栗山参事官が思わぬことを言った。

「そう言えば、廣瀬ちゃんのところで、威力業務妨害で逮捕した男がいたでしょう？」

「宇賀神良彦ですね……つい最近のことですが、そんなことまで調べたのですか？」

「そうそう、あいつは在日朝鮮人の活動家で、廣瀬ちゃんのところでジェネリック医薬品を使わなかったことが難癖を付けてきた原因だったらしいよ」

廣瀬は栗山参事官の真意をすぐには理解できなかった。

「在日朝鮮人の活動家とジェネリック医薬品に、どういう関係があったのですか？」

「宇賀神が選任して、逮捕された時に一緒にいた弁護士がユーメイ薬局の顧問弁護士だったのさ。川崎殿町病院が淀河製薬のジェネリック医薬品の使用を止めたことで利益が減ったということだったんだ」

「すると、うちにいた藤田幹夫医師も悪のサプライチェーンに加担していたということですか？」

「藤田は帝都大病院に勤務していた頃、北朝鮮でハニートラップに遭い、その後、北の工作員の協力者に仕立て上げられていたそうだよ」

「ハニートラップですか……」

廣瀬は自らの危機管理の甘さに愕然《がくぜん》としていた。

藤田医師は帝都大学医学部の医局に在籍中、三年間、国境なき医師団のメンバーとなり、世界中の紛争地域を回っていた。そしてその期間中に北朝鮮で三ヵ月間勤務していたことを、廣瀬は全く知らなかったのだった。この情報は警視庁公安部外事第二課に確認すればすぐにわかることだった。


住吉理事長に呼ばれた廣瀬は、川崎殿町病院の最上階である二十二階の第二理事長応接室で応接テーブルを挟んで向かい合っていた。

「廣瀬先生、いい勉強になったんじゃないですか？」

「勉強どころか、危機管理のイロハのイの字を没却しておりました」

「基本を忘れていた、とでも言いたげですね」

「危機管理担当を辞したい気持ちです」

「退職してもらった横山君は、情報の守秘というこの世界の基本を忘れてしまったのだから仕方ありません。しかも彼は警視庁だけでなく、神奈川県警からも取り調べを受けてしまったようですからね。事件としては道義的責任に終わるかもしれないけれど、やってはいけないことをやってしまったことに変わりはありません。それでも横山君も急性骨髄性白血病の特殊治療を、廣瀬先生のおかげで受けることができて、奇跡的に寛解できたのですから、廣瀬先生を恨むようなことはないと思いますよ」

横山が急性骨髄性白血病治療中であることを知って、廣瀬は文部科学省、厚生労働省の協力を仰いだ。そのおかげで横山は愛知県内の国立大学の重粒子線研究機関と大学病院、さらに大手機械企業、大手化学企業の治験に協力する形で治療を受けられたのだった。

本来、白血病等の「動くがん」は、重粒子線治療の対象とならないと言われていた。重粒子線がん治療は、炭素イオンを、加速器で光速の約七〇パーセントまで加速し、がん病巣に狙いを絞って照射する最先端の放射線治療法である。

白血病の治療効果判定は、寛解という状態であるか否かで判断する。これには骨髄検査が必要となり、何度も骨髄穿刺《せんし》を行うことになる。

穿刺とは、注射針などの先端の尖った器具で、体表を切開することなく、体内の組織内容を調べる方法である。骨髄バンクのドナー登録後の提供手術同様に、手術そのものよりも、この穿刺の辛さに耐えられない患者が多いのも事実である。

提供手術は通常二〜四時間を要し、三〜七日程度の入院が必要になる。その間、一過性のものではあるが、骨髄採取や麻酔の影響による頭痛、吐き気、発熱、血圧低下、不整脈などが出る場合がある。穿刺による出血はほとんどなく、あっても通常一〜二日でおさまるが、筋肉や骨の回復には個人差がある。

横山はこの検査を受け入れ、新たな治療法の、まさに実験台になる形で、動くがんの追尾照射を可能とした次世代型四次元放射線治療装置に自らの運命を委ねたのだった。

この次世代型四次元放射線治療装置は、医学と工学という異なる分野において、まさに「医工連携」の難しさを乗り越えて世界で初めて開発されたものだった。

「次世代型四次元放射線治療装置に関しては、私も横山さんの姿勢を評価するしかありません」

「私は医者でありながら次世代型四次元放射線治療装置というものの存在すら知りませんでしたよ。専門外とはいえ恥ずかしい限りです」

「私もたまたま顧問をしている大手機械企業の社内報を見て知っただけのことです」

「国内最大級の機械メーカーの顧問になっているだけでもすごいことだけどね」

住吉理事長が笑った。

「これも運の一つです」

「運も実力のうちですよ。廣瀬先生の危機管理能力が評価されなければ、一流企業と接点さえ持つことができないのが実情ですからね」

「とはいえ、今回の事件については自分自身の至らなさを痛感しています」

「罪を犯したわけじゃありません。あくまでも横山さんの道義的責任でしょう」

「仮にそうだとしても、それも私の管理不行き届きということになります。私の警察時代の中途半端な職歴がご迷惑をおかけした原因かとも思っています」

「中途半端？　どういうことですか？」

「本当の専門職がなかった、ということでしょうか」

「専門職ですか……そんなのは必要ありませんよ。もっと言えば、よく下積みの経験がないとか、『ポッと出』なんて言いますが、余計な下積みなんて必要ありません。役人のキャリアに長期間の下積みがありますか？　下積みというのは短期間でいいんです。上に上がれば上がるほど、下にいる者にどれだけ目配り気配りができるか……そこが重要なんです。芸能の世界でも、スポーツの世界でもそうでしょう。売れる者は若くしてトップの世界に出ることができる。ただ、そこに長くいることができるのはほんの一握りです。才能と努力と運が、その結果を如実にあらわしてくれるものなのですよ」

「キャリアとノンキャリは違いますけどね」

「そうでしょうか？　それは廣瀬先生が役人根性をまだ捨てきれていないだけの問題でしょう。現に、キャリアを辞めた人でいまだに国のトップとサシで話ができる人が何人いますか？　彼らはキャリア、ノンキャリアなんて全く考えていないはずですよ。廣瀬知剛という個人を信用しているんです。そこには下積みも何も全く関係ない。現職のあなたの後輩たちとだって、いまだにお付き合いしているじゃないですか。下積みというのは必要最低限度の経験をして、そのノウハウを知ればいいだけのことです。才能ある若い料理人を見てもわかるでしょう」

役人根性という言葉に痛いところを突かれた廣瀬は、返す言葉もなかった。それを見透かしたように住吉理事長が続けた。

「自分にとって下積みは何なのか……その道のトップを目指す限り全てが下積みなのではないでしょうか。上ばかり見ていても足場を失えば元も子もない。常に足場を固めながらトップを目指すわけでしょう。私は今でも、医学の世界でも、経営者としてもまだまだ道半ばにも至っていない気がしています。底辺の下積みなんて言葉は努力を忘れた者が言う台詞《せりふ》ですよ。ただ、好きでやっているのならばそれでいい。しかし、それでは何の意味もない。私生活で伴侶を持ち、家族を持った時、好きな仕事だけやっているのでは、家族という最小限の社会からも見捨てられてしまうでしょう。仕事が辛いのは当たり前です。だからその対価として金銭を受ける。好きなことをやりたいのなら趣味としてやればいいだけです。趣味と実益を兼ねた人なんてこの世の中にどれだけいることか……しかも長い人生においてはね」

「理事長が道半ばならば、私はどうなるんでしょうね。実に恥ずかしい」

「何がどう恥ずかしいのですか？　役人という安定した立場を捨てて独立されて、しかもここまでの成果を上げていらっしゃるじゃないですか。おそらくまだまだ廣瀬先生の夢からは道半ばなのでしょうが……それでも廣瀬先生がいてくださるから私は新たな事業を展開できるし、そのアドバイスをいただいて道を誤ることなく前進できるのです。廣瀬先生が今お付き合いされている様々な世界の多くの方々も同じだと思います。そして廣瀬先生もまたその中でさらに成長されていらっしゃるのでしょう。そして上にいればいるほど、働く仲間の仕事から私生活に至るまで目配りが必要になる。それには仲間の気持ちと仕事を理解しなければならない。それが下積みというものなのではないですか。努力を忘れ、自分の才能を認識できない人にどれだけ手を伸ばしても意味がないのです。これは上から目線ではなくて、幼少のころからどれだけ努力をする教育を受けてきたかなんですよ。善悪の区別なしにね」

「善悪の区別なし……確かにそうですね。裏の世界で伸びた者たちも、やはり努力があるわけですからね。それが長続きするにはさらなる努力が必要ということですね」

「廣瀬先生らしいですね。裏社会の話になるとすぐにピンとくるのですから」

「お恥ずかしい限りです。私も上から目線で仕事をしてきた気はまったくありません」

ただ今回は、同じ警察官だった者として忸怩たる思いがあった。

「それは器の差だから仕方がありません。どんなにいい大学を優秀な成績で出ていようが、それが社会に対応できなければ仕方ない。そこには人格という人として基本的な部分も必要なのです」

「人格の形成には多くの人との出会いが必要です。そう考えるとまさに運しかないのかもしれませんね」

「何度でも言いますが、運もまた実力のうちでしょう。廣瀬先生がどうして警察官という職業を選んだのか知りませんが、その道を選んだことが結果的に今の地位と信用を築いたのですからね。民間に進んでいても、それなりの道を進まれたと思いますが、警察官でよかった。それもノンキャリアでよかったのですよ」

「自分で選んだ道が今のところはよかったということなのでしょうね」

「人知れずの努力があったのだろうと思いますよ。その全てが下積みなのですよ。何も気にすることはない。廣瀬先生がこの先も今のままだとは私は思っていない。まだまだ、どんな進化を遂げるのか……私もそれを見てみたいと思っています」

廣瀬はだまって頭を下げた。言葉はなかった。

「次の院内刑事は、廣瀬先生が警視庁から呼んでください」

「私はまだ、危機管理担当を続けてもよい、ということですか？」

「これはあなたの天職だと思っています。さらにひと回り大きくなって、現在、先生が受け持っていらっしゃる他の企業さん同様に、うちの医療法人全体の危機管理もお願いしたいと思っています」

住吉理事長は笑顔で廣瀬の手を両手で握った。その力強さに圧倒され、廣瀬は大きく深呼吸をすると、再び頭を下げた。

川崎殿町病院二十二階の第二理事長応接室の窓から、夕陽に映える富士山が見事に見えていた。

本書は、二〇一八年に講談社＋α文庫に書き下ろされた作品を講談社文庫版として加筆・修正し、新装刊するものです。

この作品は完全なるフィクションであり、登場する人物や団体名などは、実在のものといっさい関係ありません。

|著者| 濱 嘉之　1957年、福岡県生まれ。中央大学法学部法律学科卒業後、警視庁入庁。警備部警備第一課、公安部公安総務課、警察庁警備局警備企画課、内閣官房内閣情報調査室、再び公安部公安総務課を経て、生活安全部少年事件課に勤務。警視総監賞、警察庁警備局長賞など受賞多数。2004年、警視庁警視で辞職。衆議院議員政策担当秘書を経て、2007年『警視庁情報官』で作家デビュー。「警視庁情報官」シリーズのほか「オメガ」、「ヒトイチ　警視庁人事一課監察係」、「警視庁公安部・青山望」など数多くの人気シリーズを持つ。現在は、危機管理コンサルティングに従事するかたわら、TVや紙誌などでコメンテーターとしても活躍している。

新装版《しんそうばん》　院内《いんない》刑事《でか》　ブラック・メディスン

濱《はま》 嘉之《よしゆき》

講談社文庫

定価はカバーに
表示してあります

2020年1月15日第1刷発行

発行者――渡瀬昌彦
発行所――株式会社　講談社
東京都文京区音羽2-12-21　〒112-8001
電話　出版（03）5395-3522
　　　販売（03）5395-5817
　　　業務（03）5395-3615

Printed in Japan

デザイン―菊地信義
本文データ制作―講談社デジタル製作
印刷―――豊国印刷株式会社
製本―――株式会社国宝社

ISBN978-4-06-518292-5

講談社文庫刊行の辞

　二十一世紀の到来を目睫に望みながら、われわれはいま、人類史上かつて例を見ない巨大な転換期をむかえようとしている。

　世界も、日本も、激動の予兆に対する期待とおののきを内に蔵して、未知の時代に歩み入ろうとしている。このときにあたり、創業の人野間清治の「ナショナル・エデュケイター」への志を現代に甦らせようと意図して、われわれはここに古今の文芸作品はいうまでもなく、ひろく人文・社会・自然の諸科学から東西の名著を網羅する、新しい綜合文庫の発刊を決意した。

　激動の転換期はまた断絶の時代である。われわれは戦後二十五年間の出版文化のありかたへの深い反省をこめて、この断絶の時代にあえて人間的な持続を求めようとする。いたずらに浮薄な商業主義のあだ花を追い求めることなく、長期にわたって良書に生命をあたえようとつとめるところにしか、今後の出版文化の真の繁栄はあり得ないと信じるからである。

　同時にわれわれはこの綜合文庫の刊行を通じて、人文・社会・自然の諸科学が、結局人間の学にほかならないことを立証しようと願っている。かつて知識とは、「汝自身を知る」ことにつきていた。現代社会の瑣末な情報の氾濫のなかから、力強い知識の源泉を掘り起し、技術文明のただなかに、生きた人間の姿を復活させること。それこそわれわれの切なる希求である。

　われわれは権威に盲従せず、俗流に媚びることなく、渾然一体となって日本の「草の根」をかたちづくる若く新しい世代の人々に、心をこめてこの新しい綜合文庫をおくり届けたい。それは知識の泉であるとともに感受性のふるさとであり、もっとも有機的に組織され、社会に開かれた万人のための大学をめざしている。大方の支援と協力を衷心より切望してやまない。

一九七一年七月

野間省一